A HERANÇA DAS BESTAS

Passado, Presente e Futuro

Rey Maya

Casa Rei

Publicado nos Estados Unidos por Casa Rei.
www.rei.casa/livros

Primeira edição brasileira da Casa Rei: agosto de 2025
Originalmente publicado em espanhol como El Legado de los Monstruos em julho de 2025.

ISBN-13: 979-8-9993737-7-9 (Brochura)
ISBN-13: 979-8-9993737-8-6 (Capa Dura)

ÍNDICE

Para você, que ousa provar um café de colheitas distantes:

Que seu sabor o inspire a buscar a raiz da sua própria paz.

E a cuidar dela.

— RM.

UMA PALAVRA AO LEITOR BRASILEIRO

Até o momento da publicação desta obra, eu nunca estive no Brasil. Mesmo assim, fiz questão de reescrever eu mesmo estas histórias para esta nação pela qual sinto um afeto quase inato. É uma forma de pisar em sua terra e, quem sabe, tocar o seu coração.

Por isso, o que você tem em mãos não é uma simples tradução, mas uma adaptação —uma "abrasileiração"— feita com a intenção de que você tenha minhas histórias na sua própria voz.

De todo o coração, espero ter conseguido.

—Rey Maya.

PREFÁCIO

Escrevi estas histórias porque não tenho medo. Não são contos de terror clássico nem ficção rebuscada sobre seres míticos que rugem no escuro. Aqui não há dragões, nem ogros, nem vampiros. Você não vai encontrar zumbis. Não há fantasmas.

As bestas do meu livro são outras — mais próximas, mais terríveis. São aquelas que falam com calma, que sorriem à mesa do jantar, que se justificam em nome do dever ou do amor. São os monstros que tecem suas redes com os fios de uma lógica fina e impecável, e que devoram com a razão.

Aprendi a enxergá-los através de seus efeitos. Estão em toda parte, embora se camuflem no cotidiano, por trás do costume, da normalidade e do progresso. Escondem-se entre nós porque, por mais que pareçam ferozes, têm um pânico profundo da bondade e da verdade. Tremem diante da coragem que um único ser humano pode ter para enfrentá-los. Temem a pena que os nomeia, o olho que os reconhece, a voz que se recusa a calar.

Esta obra é uma tentativa de amputar suas garras, uma espécie de bestiário dos monstros que caminham ao nosso lado, ou com nossos próprios pés, e que deixam pegadas muito profundas e dolorosas.

Eu os cacei no passado, os tirei de seus tronos. Eu os capturei no presente, na frieza dos sistemas, os arranquei de lares e até do lixo.

Tentei vislumbrar suas sombras no futuro que nos espera, onde, sem dúvida, também habitarão.

Mas sei que não estão todos aqui; não poderiam estar. Há muitas outras bestas que não consegui conter nestas páginas. Algumas, porque são perspicazes demais, hábeis demais para escapar pelas frestas de um verso. Outras, porque não saem muito. Continuam ocultas, agachadas no silêncio cúmplice, nos cantos que ainda não consegui iluminar, até que chegue o momento.

Minha próxima caçada.

Porque as bestas, as verdadeiras, estão sempre aí. São as mesmas de sempre. E esta é apenas uma parte de sua história. Um breve relato de sua devastação.

Por isso, agora, eu convido você. Convido você a ficar, a se deixar surpreender e ser capturado por estes relatos que talvez o façam rir, mas também chorar. Convido você a usar estas páginas como um recurso para encontrar as ferramentas e acertar as contas com suas próprias bestas.

E, acima de tudo, eu o convido a gritar. Não de espanto pela maldade que aqui se revela, mas com a voz firme de quem se recusa a continuar em silêncio. A gritar para delatá-los, para nomeá-los, para aniquilá-los... antes que eles, com sua calma e suas razões impecáveis, façam o mesmo com você.

Considere este livro mais uma pequena ferramenta para esse caminho que, sem saber, você talvez já tenha começado a percorrer.

PASSADO

Ecos de Reinos Esquecidos

O GUME DA VERDADE

Alguns escrevem para governar.
Outros governam para apagar a escrita.
Mas há penas que não aceitam dita.

O Rei governava sem oposição nem crítica, do alto de um trono dourado, cercado por muralhas altas e palavras baixas.

Ninguém o desafiava. Ninguém o questionava. Ninguém o descrevia sem sua permissão. Dizia-se que seu governo trazia ordem, mas essa ordem se sustentava no medo, na obediência e na fome.

Os mercados estavam vazios; os estômagos, mais ainda. E, no entanto, nas paredes do palácio pendiam retratos que exibiam sorrisos fartos e pão em todas as mesas. Retratos desenhados por palavras, palavras escritas por um só homem: o escrivão real.

Esse homem, durante anos, tinha transformado o silêncio do povo nos discursos do Rei. Mas um dia, morreu.

O Rei, mais preocupado com a vaga do que sentido pela perda, convocou todos os escrivães do Reino. Precisava nomear sua nova voz oficial, seu escudo de tinta.

O requisito era simples: cada candidato escreveria um texto, um fac-símile do seu reinado. Todos usariam a mesma pena: a do falecido.

O mordomo apresentou ao Rei uma caixa estreita de madeira escura, onde a pena repousava.

Era de um negro opaco, levemente azulado, como as asas de certos corvos ao sol. Longa e curva, com o cálamo firme e afiado, rematado por uma fina ponta metálica que brilhava sutilmente, como se um dia tivesse sido de ouro. Sua simples presença impunha um respeito estranho.

Não pesava mais que o ar, mas, ao empunhá-la, sentia-se como se carregasse em si a memória de tudo que um dia tinha sido escrito. O mordomo acompanhou a entrega com uma frase breve:

—Foi o que ele pediu.

O monarca não questionou o último desejo do moribundo — ele fora um homem sábio, que ajudara a perpetuar seu poder com discursos eloquentes e irrefutáveis. No final, o veredito seria apenas dele.

Durante dias, chegaram escritos de toda parte; muitos eram semelhantes, repletos de fórmulas e frases repetidas. Mas dois textos se destacaram, não por sua beleza, mas por apresentarem visões diametralmente opostas. O Rei, intrigado e satisfeito, ordenou que fossem lidos perante toda a corte.

Primeiro, o mais ornamental:

«Neste Reino, ninguém passa necessidade, sob o olhar incansável de Sua Majestade. A disciplina e a ordem são o alicerce de nossa prosperidade. Os cidadãos caminham seguros, sem temor nem dúvidas, porque o pensamento é uno, claro e firme. Tudo o que temos, devemos ao braço forte que nos guia. Não há vozes que dividam, nem gestos que confundam: há unidade. Viva a estabilidade! Viva a vontade do Rei!».

Houve aplausos, uma chuva de ovações. O Rei assentiu, satisfeito. Em seguida, leu-se o segundo texto:

«Neste Reino, a fome não está apenas no prato: está na voz que não pode se erguer. Falta pão..., mas falta ainda mais o direito de dizer que falta. Exige-se ordem, mas o que reina é o medo. As pessoas não pensam em voz alta, nem sonham. Apenas repetem.

Apenas sobrevivem. O Rei quer servos, não cidadãos. E assim, ninguém se atreve a escrever o que sente. Até hoje.».

A sala congelou num silêncio que não era respeito, mas vertigem.

Foi então que o mordomo se adiantou com passo firme e estendeu um pergaminho selado.

—Majestade —disse—, o escrivão me pediu que entregasse isto exatamente neste momento.

O Rei, sem entender completamente, rompeu o selo e leu em voz alta:

«Esta pena não serve ao Rei. Serve à verdade. Quem a pegar não escreverá o que deseja..., mas o que carrega por dentro. Às vezes, dirá o que o poder quer escutar. Às vezes, o que ele mais teme ouvir. Mas nunca mentirá. Porque escrever com esta pena é escrever sem máscara.».

O Rei desceu do estrado e caminhou até o centro do salão, onde a pena repousava sobre um pedestal. Observou os dois finalistas: um sustentava o olhar, o outro o desviava. Então, falou:

—Ambos escreveram com ela. E ambos revelaram a verdade. A verdade daquele que sussurra ao servir com medo, e a verdade que um homem grita quando não pode mais se calar.

Pegou a pena lentamente.

—A partir de hoje, este Reino terá dois escrivães. Um para contar a história do Rei... e outro para contá-la apenas a ele.

Desde então, cada decreto foi escrito com duas vozes: a do poder e a da alma que ainda se atrevia a escrever com as mãos trêmulas. Porque um tirano pode governar com o silêncio, mas jamais sobreviverá à verdade.

O poder teme o gume da verdade. Mas teme ainda mais o peso de uma pena que escreve sem permissão.

REY MAYA

À MEDIDA DO REI

Quem obedece não erra,
para um poder que se aferra.

Ali, onde tudo era tecido com o fio do costume e da vontade real, o Rei ordenou um novo traje cerimonial. Não por vaidade... Ou talvez sim. Queria exibi-lo durante as solenes núpcias do príncipe com sua prometida.

Era preciso estar impecável. Radiante. Digno de um Rei.

O alfaiate real, de mãos calejadas e longos silêncios, tirou as medidas com esmero, selecionou os tecidos mais finos do guarda-roupa ancestral e dedicou-se por dias a confeccionar uma veste à altura da coroa.

Na véspera do evento, o Rei vestiu seu traje diante dos altos espelhos do Salão Octogonal.

Foi então que notou o detalhe: a manga direita pendia mais do que a esquerda. Apenas alguns dedos, mas o suficiente para soar um alarme. "Será que tenho um braço mais comprido que o outro?", pensou, pescando ideias no fundo dessa suspeita. Ordenou a presença imediata do Médico Real.

O médico chegou com sua maleta de couro, seu andar cuidadoso e sua voz de verniz, treinada para não contrariar. O Rei estendeu os braços com firmeza e disse:

—Observe. Olhe bem.

O doutor inspecionou com a seriedade que o caso exigia. Pegou ambos os braços, comparou-os, auscultou aqui e ali, e os acariciou com dedos sábios. Após um silêncio mais longo que um relatório confidencial, olhou para o alfaiate por alguns segundos e, voltando os olhos para o soberano, disse:

—Majestade... seus braços são perfeitamente iguais.

—E esta diferença nas mangas? —perguntou o Rei.

O médico suspirou.

—Com licença, Alteza... Sua Majestade não precisa de um médico. Precisa de um novo alfaiate.

O Rei baixou lentamente os braços e um silêncio pesado

caiu sobre o salão; ouvia-se apenas o tique-taque do relógio de pêndulo, como o rufar distante de um tambor de carrasco. O alfaiate baixou o olhar.

—O corte é perfeito, Majestade —respondeu, trêmulo—, de acordo com as medidas.

—E se as medidas estavam erradas? —disse o Rei.

O alfaiate não respondeu, apenas inclinou a cabeça e engoliu em seco.

Desde então, o Rei não mandou consertar o traje; corrigiu sua postura. Aprendeu a caminhar com um braço discretamente encolhido e mandou ajustar os retratos para que o lado mais comprido ficasse sempre escondido sob o manto. Encomendou novos trajes, todos com a mesma assimetria, e logo, toda a corte começou a imitá-lo. Porque, naquele Reino, ninguém corrigia o Rei. Era o Rei quem corrigia o espelho.

A AMA DE LEITE

Quem tira o pão do pobre,
acaba com sede e fome.

N a distante Região Sul, bem longe do palácio, os lavradores cavavam a terra com as próprias unhas. O solo era infértil, áspero e seco. Ainda que um grande rio atravessasse o país, naquela terra esquecida ele se perdia em riachos fracos.

Ali, onde a justiça parecia não chegar, morava uma mulher. Pobre e só. Sua cabana era a única coisa que lhe sobrara depois de ter perdido tudo: seu filho, sua vaca, sua cabra, a água de seu poço e até as galinhas, após o ataque sinuoso de uma águia. A terra que possuía não dava nada além de ervas daninhas.

Um dia, enquanto recolhia lenha perto do rio, viu a águia que tanto tinha perseguido com raiva, a qual levava uma serpente presa nas garras. Ela a reconhecia bem: com uma asa ferida e uma pena branca e toda bagunçada que se destacava das outras, voava meio torto, como uma maldição persistente. Não podia perder a oportunidade de se vingar, pois aquela ave lhe tinha roubado seu único sustento. Lançou seu cajado e acertou como uma arqueira habilidosa, conseguindo neutralizar a ave de rapina e, sem querer, libertando a serpente, que caiu na folhagem seca e se arrastou até desaparecer.

Ao chegar em casa, lá estava ela... a vaca. No pátio. Amarrada à amendoeira que já nem dava sombra. Onde sempre esteve, como se tivesse retrocedido no tempo. Desta vez, parecia mais gorda e seus úberes transbordavam. Seu leite era denso, branco como a neve e com um sabor que nem o mel conseguia imitar. Aquela vaca lhe devolveu o fôlego e a companhia. Vendia e trocava o leite, e com o resto fazia queijo que alimentava metade da aldeia. Para o povo, parecia mágica, e talvez fosse, pois apesar de a terra só produzir abrolhos, a vaca sempre parecia saudável e seu leite era primoroso e abundante.

A Rainha teve um filho que precisava alimentar, mas seu próprio corpo não pôde provê-lo. As amas de leite secaram, como tudo o que antes tinha sido fértil. A notícia da vaca chegou ao castelo. Dizia-se que seu produto curava a insônia, restaurava o apetite e fortalecia os ossos. O Rei, um homem possuído e possuidor de toda sorte de riquezas, não podia perder tal oportunidade.

—Tragam o animal —ordenou. E confiscou a vaca. Mas o leite azedou, a vaca secou e morreu.

O tempo passou e ainda ficava queijo na mesa daquela pobre mulher. Uma manhã, exatamente onde antes estivera a vaca, apareceu a cabra, um pouco magra, mas com a mesma luz de prata nos olhos.

A mulher voltou a ter leite e outra vez os moradores vieram à sua porta. O Reino, que tinha posto os olhos naquela aldeia, ficou sabendo e mandou confiscar também a cabra. E como antes... ela secou.

Então, numa madrugada, a mulher ouviu um sussurrar no velho poço. Ao se aproximar do beiral, viu uma espuma branca. Tirou um balde. Milagre!

—O seio da terra nos amamenta! —vociferavam todos, e o eco de suas vozes se espalhou até o trono.

O Rei tomou sua decisão. Com voz firme, decretou:

—A partir de agora, todo esse lugar é propriedade da Coroa!

E expulsou a mulher. Despojada de tudo, ela começou a mendigar, acolhida pela compaixão do povo agradecido.

Não demorou para o poço se extinguir, oferecendo só poeira.

Parecia que todo aquele lugar estava amaldiçoado. Os rios secavam, a terra rachava, os seios estavam murchos e ocos. A morte cavalgava sem rédeas pelas ruas e nos corredores do palácio. Dizia-se que a Rainha foi mordida por uma serpente que apareceu entre os lençóis e morreu antes do amanhecer. O pequeno Príncipe ficou órfão de mãe e de leite. As amas de leite, uma após a outra, fracassavam. Em todo o Reino, as mães pararam de amamentar e os bebês adoeciam e morriam.

Naquela noite, o Rei não conseguiu conciliar o sono. Quando finalmente se rendeu ao cansaço, sonhou com sua esposa. Mas não era a Rainha que ele tinha amado; era uma figura sombria, transformada. Seu rosto estava desfigurado e da base de seu torso saía uma cauda escamosa que se erguia como um chicote ameaçador. Ele só podia olhar, hipnotizado por aqueles olhos malévolos, enquanto o espectro se aproximava lentamente. E então ouviu o sibilar de sua língua bifurcada, desenhando no ar a sentença: "Encontre a mulher. O leite da sua vaca, da sua cabra e do seu poço não é mais doce do que aquele que repousa em seus seios."

O Rei despertou subitamente, gelado até os ossos, e entendeu que a abundância pode ser conquistada, mas apenas por quem primeiro a merecer. Mandou chamá-la, não para confiscar um bem, mas como um convite silencioso e solene ao pão que um dia lhe tirou, ao teto do qual a despojou. Ofereceu-lhe hospedagem no palácio, um novo teto, uma nova posição: guardiã.

Apesar disso, ele continuava enfeitiçado, movido pelo interesse em manter o Reino ou por aquela hipnotizante revelação. Ofereceu à mulher o desafio e o compromisso de amamentar o Príncipe, que já se tornara amarelo, e de sustentar a vida dele com a sua.

Ela aceitou. Não tinha nada mais a perder. Seus seios se incharam assim que ela cruzou os umbrais do palácio. Apenas o menino tocou sua pele, a vida jorrou, o leite brotou em abundância. O menino pegou o peito com força e fechou os olhos em paz.

Passou-se um ano. O menino cresceu forte, mas não perdeu aquela cor característica em sua pele e em seus olhos. E quando finalmente aprendeu a dizer "mãe", seus olhos de âmbar não buscaram a coroa, mas a ela.

As mães recuperaram seu leite, os rios, sua água, a terra verdejou novamente. E a mulher voltou a ser mãe de um menino e de um Reino.

REY MAYA

CARDAMOMO PRETO

Aquele que curva a cabeça,
recebe de Deus a promessa.

N as Vésperas do Dia de Graça, a cozinha do palácio cheirava a glória e a luto. A tristeza recente pela morte do Rei não estragou a festa, mas temperava os rostos. O cozinheiro principal, um homem de hábitos antigos e mãos litúrgicas, movia-se entre panelas e braseiros com a destreza de um alquimista. Ordenava com firmeza, provava cada prato com uma precisão quase sacerdotal e tinha o costume de fazer uma breve oração em latim antes de servir.

A Ceia do Cetro era um rito tradicional ao qual compareciam nobres dos quatro cantos do reino. Naquela noite, foram oferecidos cordeiros ao vinho, peras cozidas com mel e cravo, pães trançados com alecrim, creme de amêndoas e uma seleção de queijos curados. Para o final tinha-se uma infusão morna de especiarias imperiais, entre elas, o cardamomo preto.

Poucos conheciam a origem daquele meticuloso cozinheiro. A história que se contava era que os monges do Mosteiro Domus Dei, numa manhã de neblina, avistaram um balde de poço flutuando rio abaixo com um menino dentro — um novo Moisés. Criaram-no como mais um frade, ensinando-lhe latim, oratória, escrita e a arte culinária dos monges, com todas as suas receitas secretas. Embora fosse bom em tudo, não era sua vocação. Antes de receber a tonsura, o Abade o chamou em particular e o liberou do voto com uma bênção. Reconhecendo seus dons como cozinheiro, forneceu-lhe uma recomendação para o palácio real, e assim ele entrou pela porta das cozinhas, com a fronte erguida e a concha a postos.

Amanhecia e os arautos cavalgavam pelas estradas gritando o anúncio:

—Coroação nas Tércias!

O Arcebispo cego aguardava no presbitério da catedral, com sua mitra envelhecida, e segurava com firmeza a coroa dourada. Os cânticos flutuavam entre os afrescos e as colunas, enquanto o incenso subia como uma oração encarnada. Os nobres ocupavam seus lugares de honra com porte e elegância, e os plebeus, amontoados e expectantes, aguardavam a procissão de entrada.

—Aproxime-se aquele que será coroado —disse o clérigo.

E o Príncipe amarelo avançou com cadência e solenidade.

Naquelas mesmas horas, o cozinheiro, já sem dar conta do banquete, atravessou o salão das panelas para ir buscar as especiarias. Viu algo que lhe gelou os ossos: uma serpente agarrada ao frasco do cardamomo preto. Lembrou-se da Rainha, morta pela picada do bicho, e de uma máxima gravada na madeira do refeitório do mosteiro: *"Ubi serpens cenat, vita periclitatur"* (Onde a serpente ceia, a vida periga). Ele fez o sinal da cruz e saiu correndo.

Ninguém esperava vê-lo irromper no recinto sagrado, suado e coberto de farinha e gordura. Os monges pressentiram o pior. O Abade abriu a boca, mas sem dizer palavra. Os nobres se sobressaltaram e o Príncipe amarelo ficou paralisado, sem avançar. Parecia mudar de cor. O cozinheiro, ofegante e sem freios, escorregou no piso de pedra e caiu de joelhos, com a cabeça baixa, como pedindo perdão.

O Arcebispo cego ouviu os passos, sentiu a presença e baixou a coroa, assentando-a na cabeça do cozinheiro. Nesse instante, os vitrais explodiram em luz e um trovão sem som rasgou o ar. Aquele que tomavam pelo Príncipe soltou um berro. Todos abriram os olhos e viram o novo Rei.

O cozinheiro fechou os seus e aceitou o peso da coroa. O Arcebispo não viu... coroou quem tinha que ser coroado.

CRUZ E FOGO

*Quem atiça as brasas,
não se livra de ameaças.*

Como reconhecer uma bruxa? O Reino estava infestado delas. Mulheres que se reuniam a sós para conversar, que não tinham filhos, que olhavam os homens diretamente nos olhos, que preparavam unguentos com ervas e caminhavam sozinhas à noite. Mulheres que se atreviam a falar de seus sonhos, sabiam ler e escrever, e ajudavam outras a parir sem a bênção da Igreja. O Reino estava infestado delas, e como não podiam queimar sua liberdade, abrasavam seus corpos.

Uma vez por mês, a pira era acesa na praça principal. A fumaça subia, os cânticos soavam, e o povo, temeroso, aplaudia cada sentença: melhor do que serem tomados por cúmplices. O Arcebispo, tão alto e magrinho quanto o báculo em que se aferrava, tinha olhos de falcão e um olhar de juiz. Acreditava ver as almas só de olhar os rostos, e ninguém se atrevia a contrariá-lo.

Mas nem todas as fogueiras ardiam na praça; algumas, também, em becos silenciosos, detrás das portas fechadas; fofocas incendiárias que escapavam até as tapeçarias do castelo. Naquele mês, um rumor inquietante começou a circular, um escândalo que roçava o trono: o nascimento de um filho ilegítimo, fruto da aventura do Príncipe herdeiro com uma sertaneja do sul.

O Arcebispo, que no fundo sabia que o sangue é mais difícil de esconder que o pecado, não hesitou e resolveu ele mesmo o assunto "com prudência".

Logo, bandidos encapuzados caíram sobre a mulher e lhe arrebataram o menino. Não o mataram, mas a fizeram acreditar que sim, deixando um pano ensanguentado com sangue de galinha sob a amendoeira seca do pátio. Suficiente para lhe romper o coração. Agora era mãe de um filho morto sem sepultura.

O menino foi entregue ao Arcebispo, que por sua própria gestão o confiou aos cuidados do Mosteiro Domus Dei.

—Que seja criado em silêncio —ordenou ele—, que aprenda e jamais descubra.

E assim, trancou sua falta numa cela sem grades: a cela do esquecimento.

O tempo passou. O Príncipe ascendeu ao trono após a morte de seu pai, e com ele, sua esposa, uma mulher que falava com doçura, de gestos suaves e olhos cinzentos. Talvez princesa, talvez não. Seu encanto ofuscou a mente de todos, especialmente a do velho Arcebispo, levando-o a, sem hesitar, entronizar a desgraça.

As queimas não paravam. O fervor purificador aumentava, e condenavam mulheres por caminhar descalças, desgrenhadas, parir sem dor, menstruar na lua cheia, ou, simplesmente, se recusarem a baixar o olhar.

Naquele ano, uma parteira foi levada ao tribunal. Sabia de ervas e tinha ajudado muitas mulheres pobres. Mas o poder não perdoava quem escapava da licença da Igreja. A jovem foi declarada bruxa e condenada a se purificar no fogo, como as outras.

A praça estava lotada. Os monges entoavam suas ladainhas e os soldados atiçavam o fogo. O clérigo, trajado com mitra e báculo, postou-se ao pé da pira por ofício sagrado. Era seu dever erguer a cruz, à vista da condenada, para que assim ela pudesse salvar sua alma. Tinha o costume de esconder o sangue de suas mãos sob a brancura de suas luvas de seda, sobre as quais reluzia, cintilante, seu anel episcopal.

Mas aquela jovem não baixou os olhos, nem alçou a voz. O fogo cresceu e o cheiro de carne começou a tomar o ar. Das chamas, uma faísca —apenas uma— ergueu-se como um vaga-lume e dançou em espiral até atingir o rosto do clérigo.

Não foi grande. Não o queimou. Mas o cegou para sempre.

A BRUXA E A DEUSA

*O bom pra se defender
tem que arranhar e morder.*

E le não foi para o sul procurando tesouros; algo mais simples: aventura, um respiro, e talvez, um banho de povo. Fugiu do palácio, da sua gaiola de ouro, e cavalgou com a curiosidade de quem nunca viu o mundo além dos muros.

Ela catava lenha perto do rio, a mesma rotina no mesmo lugar. Pobre, jovem, de tranças fartas e olhar cristalino. Tropeçou e torceu o pé. E ele —ainda um homem sem história— a carregou no seu cavalo, aliviando o peso da sua lenha, do seu caminho e da sua solidão. Continuaram a se encontrar, a princípio com desculpas, e depois, já sem pretexto algum. Então o desejo se fez maior: juvenil, desajeitado, sem malícia. Um desejo que não podia se medir, nem pesar ou conter. Ele não sabia que a amaria, e ela não sabia que pariria um Rei.

Sua Majestade descobriu-os, e o peso do seu cetro caiu sobre o filho como uma bigorna. O escândalo poderia lhe custar o trono. Então ele o submeteu ao castigo, o trancou e ameaçou deserdá-lo. Obrigou-o a se casar com uma filha de ninguém, nascida em alguma casa menor, extinta por guerras antigas. Mas ela tinha algo que os homens confundiam com nobreza: beleza, uma voz suave e olhos cinzentos que pareciam vir dum tempo mais antigo do que os homens. A Princesa não foi escolhida; foi imposta com uma suavidade sugestiva e insinuante.

Quando o Príncipe finalmente aceitou, ele já não era igual, nem tampouco o seu pai. Ambos dormiam mais e duvidavam menos, e o que antes eram pensamentos próprios, transformou-se em ecos duma voz feminina escutada nos sonhos. Ele sucedeu o seu pai e, como se fazia na época, a mão de Deus legitimou o fato por meio do Arcebispo.

A paz chegou, pelo menos para a nova Rainha. Ela tinha alcançado o que queria: trono, poder e luxos. Mas como aquilo a que se resiste, persiste, a esquecida do sul apareceu novamente. "Um filho do Rei mora no sul", fofocava o vento, a água das fontes sussurrava; era uma verdade que se deslizava pelos corredores do palácio.

E então veio a fúria. O desejo de eliminar tudo o que não fosse seu.

Mandou chamar uns homens que não eram soldados nem nobres; eram aqueles que não têm nome nem herança. A ordem foi clara: encontrar a mulher e arrancar-lhe o filho. Mas a história, como sempre, deu uma reviravolta. Na taverna, enquanto bebiam e brindavam à nova Rainha, um dos valentões foi ouvido dizendo:

—Um serviço fácil, desta vez.

Outro perguntou:

—E se alguém descobrir?

O primeiro respondeu:

—Quem vai abrir o bico? O moleque nem dentes tem.

Uma sombra se levantou do canto, deixou algumas moedas no balcão e saiu sem fazer barulho.

Naquela noite, ela abraçava seu filho sem imaginar que seria a última vez. Os homens já estavam perto: uns por ordem da Rainha e outros em nome do Arcebispo, que lhe tinham dado aviso. Os enviados do clero a alcançaram primeiro e pediram que entregasse o menino, que sua vida corria risco. Ela, desesperada, o apertou com mais força, mas quando ouviu os gritos, a madeira se partindo e as vozes sujas dos outros, cobriu-o com a sua manta, lhe deu um beijo sem se despedir e o entregou.

Os capangas da Rainha não encontraram nada além de uma mãe ferida e sozinha. Furiosos, buscaram rastros, mas aqueles cristãos simularam a morte da criança, deixando para trás, em sua fuga desatinada, a manta do parto banhada com sangue de galinha. Nunca foram vistos.

A prova ensanguentada foi entregue à Rainha, e o menino, ao Arcebispo. Os bandidos voltaram ao sul sob as ordens da Rainha e deixaram o pano sob a amendoeira. Duas mulheres enganadas por duas espécies de bestas poderosas: uma Mitra e uma Coroa. Ambas frustradas no seu anseio: uma não pôde sepultar seu filho; a outra, a sua ambição.

"Se um filho é a solução", pensou a Rainha, "façamos um filho".

Na solidão de seus aposentos, a Rainha moldou seus pensamentos. Furtou o grande círio pascal, amarelo e consagrado, que ardia dia e noite na capela real. Com a sua adaga esculpia, recitando, em voz baixa, palavras numa língua estranha. Quando completou o último traço, soprou sobre o boneco, e este acordou, ganhando vida como uma vela que é acesa pela primeira vez. Nasceu. A sua solução viu a luz.

Mas tudo o que nasce precisa de alimento.

Chamou as amas de leite. Todas fracassaram. A criatura chorava sem voz e rachava por dentro. Então, a Rainha pegou a adaga, cortou a palma da mão e deixou cair algumas gotas de seu sangue.

O fluxo tocou a lâmina polida, e na sua superfície apareceu uma visão: uma vaca numa terra distante do sul, com úberes fartos e um leite branco, espesso e doce. Convenceu o Rei a confiscá-la, falando de saúde, de riqueza láctea e de dever real. O Rei, enfeitiçado, consentiu.

Mas não resultou.

A vaca secou, e o menino esfriava. O feitiço se debilitava. A própria Rainha degolou a vaca, deixando que seu sangue encharcasse a adaga.

Uma nova imagem apareceu: uma cabra magra com olhos prateados. A cabra foi trazida, mas pouco a pouco se esvaziou e se tornou inútil.

O ciclo se repetiu: derramou aquele sangue e consultou a lâmina.

Desta vez, a imagem foi de um poço velho e rachado, mas transbordando com um leite branco que saía do beiral como maná. O poço foi confiscado, junto com a terra e aquela choça. A sertaneja foi deixada a vagar, tendo perdido tudo. E não demorou para que o poço também secasse.

Desesperada, a Rainha colocou a adaga sobre a mesa. Já não tinha mais vítimas, nada a sacrificar. A lâmina estava muda — sem visão, sem reflexo, sem leite.

Só restava um sangue possível: o daquela mulher a quem já tinha arrancado tudo.

Já tinha afiado o olhar e a adaga quando a serpente apareceu.

Deslizou sobre a pedra com a suavidade duma sombra e a certeza de algo já escrito. Não era uma serpente comum; seu corpo era esguio, mas sua presença preenchia o aposento. Tinha um olhar velho, alheio ao tempo, como se lembrasse o momento mesmo da Criação.

A Rainha se levantou de um salto e ergueu a adaga, tentando pronunciar um feitiço — um daqueles que sussurrara tantas vezes ao ouvido do Rei adormecido.

Não conseguiu. O bicho não parou. Atacou.

A Rainha gritou e lutou, mas nenhum feitiço, nenhuma adaga, a protegeria do julgamento duma deusa.

Seu corpo estremeceu, seus olhos apagaram-se, e então caiu de costas, em silêncio. A adaga escorregou de seus dedos e a serpente, após um último olhar, perdeu-se na sombra.

E a Rainha —a bruxa coroada— jazia sozinha, desmascarada e com seu poder extinto, enquanto não muito longe, se escutava o choro da sua abominação.

REY MAYA

AMURALHADOS

A gente sempre quer voltar,
à nossa pátria, o nosso lar.

O Reino estava amuralhado, entre paredes altas, firmes e antigas. Não eram tão altas quanto montanhas, mas tão altas quanto as expectativas de vida daqueles que nunca tinham saído de lá.

Dentro desses limites, vivia-se em paz e harmonia, ou era o que todos diziam. O desejo de saber o que era o que havia além não tinha cabida nos moradores. Eles se acreditavam afortunados ali. Isso bastava.

Até que um dia, um pássaro gigante transpassou os céus e arrebatou um menino da comarca, levando-o em seu ventre.

Pela primeira vez, a dúvida aflorou. As conjecturas surgiram e se multiplicaram. A incerteza habitou nas mentes, e a inquietude fez bater os corações. Os sábios falavam de bestas do outro lado. Os jograis transformaram aquilo em histórias: gigantes com pés de chumbo e uma fome voraz; feras temíveis sedentas de sangue.

E o pânico se espalhou como uma praga.

Trancaram-se com ainda mais rigor. Fizeram dessas pedras, objetos de culto. Adoraram os seus limites, e até os embelezaram com murais e palavras de ordem. Quanto mais o Reino se fortificava, mais a razão enfraquecia. Quanto mais a mente era sufocada, mais ardia a fé.

E o tempo passou.

Uma noite, enquanto os moradores dormiam calmos, outro pássaro gigante desceu sobre a praça, cuspindo um homem — aquele mesmo que, quando criança, tinha sido tragado pela besta e levado embora.

Pela manhã, a notícia do seu retorno correu pelo Reino como um rastro de pólvora. O Rei mandou trazer o repatriado, convocou toda a corte e, na presença do povo, o interrogou.

O homem falou, pacato, mas sem rédeas. Narrou sua longa estadia fora dos muros. Disse ter visto paisagens belas, montanhas fumegantes, desertos e florestas.

Contou coisas surpreendentes: reinos cheios de rarezas onde as casas eram mais altas do que os muros, com lâmpadas sempre acesas; cavaleiros montando pássaros gigantes; caixas mágicas com pessoas pequeninas dentro, como marionetes contando histórias fantásticas; livros sem folhas nos quais se podiam ver coisas em movimento, como aquelas que as bruxas veem em sua bola de cristal; e mensagens que atravessaram longas distâncias em segundos.

Quando terminou, o povo caiu na risada.

Todos zombaram de sua história e dele.

O Rei, com um gesto severo, declarou-o louco.

Disse que estava enfeitiçado, contaminado pelo mal de fora dos muros e, para o bem de todos, decretou seu confinamento perpétuo nas masmorras do castelo.

Uma condenação mais que justa para quem altera a ordem e a tranquilidade de um Reino.

Anos mais tarde, agonizante, o Rei mandou trazê-lo novamente à sua presença e o recebeu a sós.

—Preciso te confessar algo —disse o monarca—. Eu creio em toda a sua história. Sei do que você falou aquele dia. Eu também já vivi fora daqui.

O homem ficou perplexo.

—Então, Majestade —disse—, por que é que ordenou me aprisionar?

O Rei fechou os olhos por um instante e depois sussurrou:

—Porque num Reino amuralhado... os loucos não podem chegar ao poder. E aqui, só existe um Rei.

Então, o monarca fechou os olhos para sempre.

VI-DA

Tanto tempo lado a lado
é fala vã, se o olhar fechado.

Pouco antes que o sopro do Rei se extinguisse, como o sol poente, ergueu-se no coração do Reino uma torre, a mais crua de todas, popularmente chamada "A Garrafa". Não era uma torre de defesa ou vigilância, mas um tubo para confinar um corpo, um presídio para esmagar o espírito. No topo, um buraco com grades. Um olho zombeteiro e cego que fugia da escuridão lá de baixo, onde o prisioneiro se consumia.

No sedimento daquela garrafa de pedra, penava Jonas. Para a corte do Rei, era um louco sentenciado por suas histórias: as Lendas Forâneas. Mas para o povo, que sussurrava nos mercados e nas tavernas, um castigo tão rigoroso para um simples "louco" era uma loucura em si, fosse a de Jonas ou a do Rei. Por isso, alguns curiosos muitas vezes rondavam a base da torre, procurando algum tipo de sorte, um eco daquela verdade engarrafada.

Chico, cuja curiosidade era mais afiada que a dos outros, tentava um contato. Primeiro, atirando uma pedra; depois, aperfeiçoando a pontaria com uma funda. Finalmente, após inúmeras tentativas, conseguiu a proeza: um cordel de corda fina, com o peso exato, atravessou o olho da Garrafa e desceu até o desconhecido.

Para Jonas, que em anos não tinha visto nada além de pedra sem cor e aquela tela de céu distante, a corda que deslizou diante dele foi uma aparição. O fio era frágil demais e o buraco, estreito demais, para sair dali, mas era mais que um cordel: era uma chance de ver, às cegas. Ele puxou a corda duas vezes, sem código nem plano: Pux-pux. Um simples acolhimento aos céus, ao estranho. Uma forma de dizer: "Aqui estou".

O de Fora, Chico, atirado à corda e nervoso, sentiu a vibração. Seu coração também bateu. "Está vivo! O louco está vivo!" Prendeu a respiração e, com valor, devolveu o sinal. Pux-pux.

O de Dentro, na escuridão, sentiu o puxão de volta, e nesse instante, a masmorra, o Rei e os anos de solidão se esqueceram.

Ele tinha uma conexão. Saber que alguém estava no outro extremo — uma pessoa, uma voz —, lhe deu um fôlego que julgava perdido para sempre. Seu puxão duplo era correspondido com a mesma linguagem, a vida se comunicando. Não tinham dito nada, mas ao mesmo tempo, tudo. Naquele primeiro intercâmbio, acabavam de criar uma linguagem e de pronunciar a primeira palavra do seu novo dicionário, a mais importante. Dois puxões: Vi-da.

Os lançamentos sucederam-se como os dias e os meses no último ano do Rei. A Garrafa parecia insuportavelmente vazia quando a corda não dançava, aquela fibra que fazia fluir para seu interior uma comunicação fresca como o elixir duma ama de leite. A linguagem evoluiu; da afirmação primordial de "Vi-da", fizeram uma espécie de código *morse*, onde o número de puxões era uma palavra, uma ideia. Ou era o que eles acreditavam.

Na última hora do último dia do Rei, A Garrafa se fez em pedaços, assim como as muralhas, derrubadas pela ânsia de liberdade de um povo valente. Jonas foi chamado aos pés do monarca agonizante.

—Preciso lhe dizer uma coisa. Eu também já vivi fora daqui —disse ele ofegante—. Nenhum de nós dois é louco. Você me investiu com a verdade e eu me escudei na mentira. Por isso coroei a mentira e engarrafei a verdade.

E morreu, assim como seu poder, suas leis, os medos do povo e as muralhas.

Oh, que surpresa para Jonas ao encontrar Chico! Ele continuava naquele lugar de angústia, chorando, agarrado a uma corda morta.

Oh, que choque ao se conhecerem, se abraçarem e descobrirem que seu dicionário, nascido da distância e da escuridão, tinha duas traduções!

Agora estavam ali, com a mente turva diante da torre. O de Dentro e o de Fora.

—Zé! Conseguimos! —exclamou o de Fora, com lágrimas de alegria escorrendo pelo rosto.

Jonas, confuso com o nome e com o sol, mal conseguia se manter em pé.

—Eu tive fé —disse o de Dentro—. Todos os dias eu levava minhas orações e te convidava a fazer o mesmo: O-RA.

—E eu as recebia como ordens! —respondeu o de Fora, eufórico—. Eu entendia: LU-TA. Por isso perguntei: MAS-CO-MO?

—Eu entendi: O-RO-SIM! —apontou o de Dentro—. E pensei: "Que homem fervoroso!".

O silêncio entre eles foi mais profundo do que o da própria masmorra.

—Eu te agradeci —sussurrou o de Dentro—: O-BRI-GA-DO.

—E eu entendi —disse o de Fora—: VAI-PRAA-RU-A.

O de Dentro o olhou nos olhos, compreendendo enfim a faísca que tinha acendido a rebelião.

—Eu te disse: DEUS-GUAR-DEOS-TEUS-PA-SSOS.

O de Fora cobriu o rosto, e uma risada estranha, que era ao mesmo tempo um soluço, brotou de seu peito.

—E eu entendi: DE-RRU-BAAS-MU-RA-LHAS. E eu fiz! Organizei o povo, inspirado no teu exemplo de luta e resistência. Saímos para a rua e derrubamos as muralhas.

O de Dentro, o homem que apenas tinha oferecido preces, observou o Reino libertado por um erro de tradução. Duas perspectivas, dois canais de comunicação suspensos por um fio frágil. Um sinal com duas interpretações.

Pôs a mão no ombro de seu libertador.

—Que estupendo testemunho de coragem e grande estratégia, Tiaguinho. Minha fé e minhas orações os acompanharam. A propósito, meu nome é JO-NAS, não Zezé.

E por puro costume, deu duas puxadinhas no braço dele, o último mais forte.

O de Fora secou as lágrimas, ainda rindo.

—Muito prazer, Jonas. Eu sou CHI-CO, não Tiago.

E devolveu o gesto, duas puxadinhas na roupa daquele, a primeira mais longa, selando enfim, cara a cara, a primeira e única mensagem que sempre tinham entendido:

"Vi-da".

PRESENTE

Ecos do Ruído Interior

REY MAYA

O MUNDO É LOUCO

A loucura nem sempre mendiga,
às vezes, pergunta com intriga.

E ra uma vez uma mulher a quem todos chamavam de louca. Ela morava debaixo de uma ponte, no meio de uma cidade bestial.

Pelas manhãs, acordava-se cedo e percorria as ruas com um passo errante. Vasculhava o lixo como quem procura tesouro e, às vezes, os encontrava: um broche quebrado, um sapato sem par, uma garrafa.

Usava fones de ouvido toscos, daqueles que cobrem toda a orelha, encaixados na cabeça. Parecia ter nascido com eles, uma extensão do seu corpo. Nunca os tirava.

Caminhava com o olhar no chão, resmungando, talvez cantarolando melodias que ninguém ouvia. Só alçava a cabeça para protestar contra o céu: pela chuva, pelo calor, ou pelo simples fato de o céu continuar ali.

À noite, voltava para morrer no mesmo lugar, na companhia dos ratos. Adormecia embalada pelos próprios pensamentos.

Um dia, outro louco se aproximou.

Era magro, com a aparência de quem tinha lido demais e comido muito pouco.

Vestia uma camisa abotoada até o pescoço, calças roídas amarradas com cadarços de sapato e sempre carregava um pente pendurado na cintura como se fosse um talismã. Seus óculos eram grossos e tortos, com uma das hastes presa por uma fita de tecido, e ele apertava um livro contra o peito como se carregasse ali sua alma inteira.

Penteava a cidade oferecendo ideias e aceitando sobras, como um filósofo esfarrapado a quem ninguém dava ouvidos.

—O que é que você está escutando? —perguntou ele à mulher.

Ela o olhou com um sorriso e respondeu:

—Nada!

—Nada? —repetiu ele, encafifado—. Então por que é que tem essa coisinha nas orelhas?

A mulher franziu a testa, como se não entendesse. Depois disse:

—Você não sabe, não? O mundo tá louco, bicho. Eu nem boto os fones pra ouvir, boto é pra não escutar mesmo. Porque, cara... doido a gente não deve escutar.

REY MAYA

SONHO E PESADELO

Tem quem morra por sonhar,
e tem os que só demandam.
Melhor morto ao alcançar,
do que os vivos que não andam.

D o outro lado do mar, numa terra sem nome e sem futuro, um velho sonhador via seus sonhos se tornarem reais. Tudo o que sonhava se cumpria — fosse bom ou ruim, claro ou sombrio. Acordava com os fatos revelados no sonho. Era um visionário adormecido.

Certa vez, sonhou que um império ruía. As torres e muralhas caíram, as estátuas rolaram, as praças se esvaziaram, as palavras de ordem se calaram e as bandeiras deixaram de tremular.

Outra vez, sonhou com uma pandemia que assolava o mundo. Viu rostos cobertos, corpos empilhados, o choro de muitos e o silêncio de todos. E não demorou a sonhar com a cura, e o surto cessou.

Até que, numa noite, teve um sonho perturbador. Sonhou consigo mesmo. Um segundo "ele" —idêntico, mas mais pálido, mais velho, mais real— se aproximou em silêncio, agachou-se ao lado de sua cama e sussurrou no seu ouvido:

—Você vai parar de sonhar. E alguém na sua casa vai morrer.

O velho pensou na esposa e na filha. Estremeceu por ambas. E, temendo mais por elas do que pela perda do seu dom, recusou-se a acordar.

Lutou para permanecer em seu sonho lúcido, para impedir que a profecia se concretizasse. Povoou seu espaço com personagens imaginários, travou diálogos, fundou histórias e marcou encontros intermináveis.

Preencheu uma agenda imensa com eventos que só ele se lembraria.

E assim o tempo passou —dias, anos—, submerso numa dimensão cada vez mais densa, mais profunda.

Um mundo sem limiar nem retorno.

Mais um sonho cumprido.

OS FUNERAIS

Ao morto, o caixão;
ao vivo, o feijão.

Certa vez, morreu um prefeito. Enquanto a caravana enorme seguia para o cemitério do vilarejo, um repórter, mandado para cobrir o enterro, comentou com esperteza para um sujeito magro que tinha se juntado no fim do cortejo:

—Pelo jeito, era um homem bem querido —disse o jornalista —. Nunca vi tanta gente num enterro.

—De jeito nenhum! —respondeu o outro, sem se abalar—. Foi o pior dos homens: ganancioso, manipulador e cruel. No tempo dele, o dinheiro da cidade sumiu, a dignidade dos pobres foi pisada, e só tinha liberdade quem se curvava às ordens dele.

—Ué... então por que tá todo mundo aqui? —perguntou o repórter—. Não era pra detestarem ele?

—Eles não tão aqui por sentimento, não —respondeu o sujeito, sem tirar os olhos do caixão—. Homenagem a gente não presta pra besta que compra o povo com migalha. Tão aqui porque sabem que, assim que botarem a tampa na cova, vai ter a melhor feijoada da cidade lá na casa dele.

FILHOS FORA DE LINHA

Desejo cuida, vontade aquece;
mas onde há frieza, tudo adoece.

az muito tempo, lá na época em que criança ainda era feita com capricho, as fábricas de filhos estavam no auge. Cada uma era montada devagar, com cuidado, em mesas de gestação paciente. Os ingredientes? Amor, carinho, sonho e um tiquinho de barro. Tudo simples, mas de valor imenso. A cada etapa, se conferia se a humanidade estava lá direitinho. E quando ficava pronta, a criança seguia na embalagem original, com sorriso padrão e tudo, direto pra casas onde ainda existiam adultos dispostos a criar de verdade.

Era tempo de crescimento. Tempo de gente.

Mas aí, as fábricas começaram a quebrar — não porque as máquinas pararam, mas porque ninguém mais fazia pedido. O interesse sumiu. O mercado foi atrás de coisas mais fáceis.

Tomaram conta os catálogos das fábricas de autoimagem: cirurgia de última geração, enxerto para lá, rosto novo para cá.

Explodiram também os *gadgets* de corpo: visor na retina, assistente no ouvido, chip no pulso para a regular emoção.

E os pets... ah, os pets! Viviam seu auge: fofinhos, obedientes, com afeto programado e botão de silêncio.

Tudo que não dava trabalho, não envolvia afeto, nem surpresa... virou moda.

Já as crianças? Elas vinham sem manual. Choravam, davam despesa, levavam anos para "funcionar direito". Algumas nasciam com "defeito", outras nem chegavam a ser desembrulhadas — eram canceladas no caminho ou jogadas fora, do jeitinho que vieram.

As fábricas fecharam.

Ninguém mais queria pôr a mão na massa para moldar uma alma. Ela não se faz com robô.

A humanidade ficou velha. Os berços, enferrujados.

O mundo virou sala de espera... sem brinquedo, sem choro, sem futuro.

Foi aí que um grupo de engenheiros teve uma ideia: em vez de fabricar crianças, iam montar um "ser humano novo", usando o que tivesse por aí.

Puseram fogo no lugar do cérebro — para pensar rápido, sem pausa nem dúvida.

Instalaram gelo no coração — para não sentir, não compadecer, não parar por ninguém.

No lugar dos olhos, colocaram pedra — duro, opaco, sem olhar que revelasse ou confundisse.

E no lugar dos pés, turbinas de ar — para voar leve, sem peso, sem rumo.

Assim nasceu o homem moderno.

Está com a cabeça torrada.

Trata os outros com frieza.

Não tem olhos para ninguém.

E vive nas nuvens.

Os demais?

São modelos antigos — desvalorizados, quase fora de linha.

REY MAYA

PRONTUÁRIO MÉDICO

Não sou o que você escuta da minha boca,
sou o que se esconde onde a visão não toca.

A doutora nem levantou o olhar quando a paciente entrou.

Digitava num ritmo automático, como quem repete um gesto aprendido mais por defesa do que por dever.

—Boa tarde, pode se sentar. Nome completo, por favor.

A mulher se sentou com cuidado, ajeitou a bolsa entre as pernas e respondeu em voz baixa:

—Não sei, minha filha. Não lembro.

A doutora escreveu: *Paciente não informa o nome. Possível lapso de memória.*

—Idade?

—Uns oitenta e poucos, eu acho.

—Altura?

—Um metro e cinquenta e cinco... ou menos. Tô encolhendo com o tempo.

—Peso?

—O que a balança disser, doutora. Mas a senhora ainda nem me pesou, né?

A doutora sorriu, sem olhar.

—Rotina diária?

A paciente pensou um pouco.

—Acordo tarde, que não tenho pressa. Às vezes tomo café, se eu lembrar. Ando pela casa, faço umas coisinhas... ajudo minha filha na cozinha quando dá.

—A senhora mora com sua filha? —perguntou a doutora, ainda sem levantar os olhos.

—Não exatamente. Ela é que mora comigo..., mas sai cedo e volta tarde. Trabalha muito. De vez em quando escuto ela chorando no chuveiro... mas depois vem, me dá um sorriso e liga a TV. Deixa nas novelas. Eu gosto. Embora às vezes confunda os personagens.

—Sabe por que veio?

—Por causa do peito —disse a mulher, levando a mão ao coração—. Quando fico sozinha, dói. Aqui. Como se apertassem por dentro. Mas não é o coração. É mais pra trás. Tipo uma porta que não fecha direito.

—Há quanto tempo?

—Não sei. Às vezes eu esqueço. Mas quando lembro, dói.

A doutora começou a digitar mais rápido: *Paciente do sexo feminino, idosa. Dor torácica inespecífica, sem irradiação. Episódica. Associada à solidão e a períodos de repouso.*

Digitou mais algumas linhas, com um gesto cansado já automático: *Quadro compatível com ansiedade subclínica. Possível componente psicossomático.*

Fez uma breve pausa.

—Vou receitar uma coisa leve. Alpirexão. Relaxante suave, não interfere com outros remédios. Uma cápsula a cada oito horas.

Ela se virou para a impressora, pegou a folha, dobrou ao meio e, enfim, levantou o olhar para entregá-la.

A mulher estendeu a mão.

A doutora a olhou.

E a palavra escapou num sopro quebrado:

—Mãe...

REY MAYA

TEMPO PARA ADIANTAR

Enquanto você sonha na cama,
a vida prepara a trama.

Durante a pandemia, o mundo parou. Eles, não. Recém-casados, recém-mudados, lençóis e laptops recém-desembalados. Duas escrivaninhas, uma cama. Dois escritórios no mesmo quarto. E no começo, tudo era lua de mel.

—Ei, vamo aproveitar um pouquinho...? —cochichava ele, da mesa.

—Tô atolada aqui, amor —respondia ela, sem tirar os olhos da tela.

Aquelas palavras ainda vinham quentinhas, meio carinhosas, mas as pausas eram cada vez mais raras — e quando vinham, era tipo café forte demais: curta, quente, violenta.

Ele falava de vontade. Ela, de prazos.

Ele falava de amor. Ela, de "adiantar".

Adiantar... essa palavrinha virou o lema dela, o talismã: adiantar relatório, adiantar entrega, adiantar a vida para ganhar mais tempo. Um tempo que nunca dava as caras.

Ele, mais ardente, recorria a sites adultos, tentando aliviar a tensão.

Ela, mais centrada, ficava cada vez mais silenciosa e sem brilho.

Nem cozinhavam. Comer? Só de vez em quando.

Sair? Só se fosse para a farmácia ou pronto-socorro.

Falar? Só o básico.

Desejo virou planilha. Carinho virou figurinha. Pausa virou notificação.

Até que uma noite, ela teve uma ideia.

Ele dormia profundamente, roncando.

E era nesses momentos que ela virava ela mesma. Trabalhava feito máquina, focada. Adiantava tudo.

Ah, que momento glorioso: Tela acesa, silêncio, paz.

Foi aí que inventou a "fórmula". Nada de veneno, era só um remédio, um "descansinho".

E ela usou. Uma vez, duas, três, diluído no expresso que ele tanto amava.

Ele dormia igual pedra, e ela seguia ativa, como um servidor com conexão perfeita.

À noite, juntou-se a soneca da tarde.

Depois, o *break* do meio do dia.

O descanso foi se estendendo. O sono ocupava cada vez mais espaço.

Mas aí os dois despertavam — com força, com fome.

Ele, como bebê.

Aquilo, como uma besta.

O remédio acabara sendo pior que o problema.

Cada cochilo dava mais potência. Cada despertar, uma bomba-relógio: mais dura, mais insistente, mais... olímpica.

Um corpo com a potência de um atleta e a pressa de um santo safado.

—De novo, mô?

—De novo...

Agora ela dava o remedinho só para ganhar tempo entre um "ai" e outro.

As noites e os dias viraram um só.

Ele, fundado num buraco de colchão. Ela, afundada na cadeira, sem lombar, sem foco, sem alma.

Trabalhar? Ele nem lembrava como. Ela? Só tirava a roupa para tomar banho.

E enquanto o mundo lá fora voltava a girar, eles seguiam trancados em sua nova normalidade: entre uma cama e uma escrivaninha, com os sonhos adormecidos por dois aparelhos acordados: um notebook aceso e um pau ereto.

CARTA A MIM MESMA

Antes de corrigir o vizinho,
conserta o próprio caminho.

Oi, Cláudia.

Nem sei direito como começar essa carta. Talvez por isso eu tenha enrolado tanto pra escrever. Porque toda vez que eu pensava nisso, vinha aquela voz na cabeça dizendo: "Pra quê?", "Ela não vai entender mesmo", "Você tá exagerando, fazendo drama de novo", ou pior... "perdendo tempo".

Mas ficar calada também cansa. E hoje eu preciso falar umas paradas com você.

Não quero que isso pareça bronca, mesmo que talvez seja. Nem reclamação, mesmo que machuque. Só queria que você me ouvisse do jeito que eu sempre tentei te ouvir.

Não sei em que momento você virou essa pessoa que dá palpite em tudo e todo mundo. Essa sabe-tudo que distribui conselho sem ninguém pedir, cheia de "tem que isso" e "o certo é aquilo". E claro, a primeira a apontar o dedo quando alguém erra. Mas quando é você que vacila (e olha que não é pouco), aí vira "experiência de vida que me fez evoluir". Você já percebeu isso?

Cansei das suas selfies com frase de efeito que nem você acredita. Desses filtros que você usa pra esconder quem realmente é. Das lives vazias no PikTok cheias de indiretas com carinha de sabedoria. Desse jeito de contar seus problemas como se o mundo tivesse que bater palma só porque você tá "sobrevivendo". E até o jeito de arrumar o cabelo, de se vestir, de andar... tenta ser mais você, menos personagem.

Mesmo assim, eu te amo. Ou já amei. Sei lá. Porque também já ri e chorei com você. E às vezes sinto falta da sua voz quando não tá por perto. Mas ultimamente, quando te escuto, parece que você só quer ser aplaudida, não compreendida.

Eu só queria uma amiga. Não uma juíza. Não uma coach da vida alheia.

E é por isso que tô escrevendo. Não num 'story', não um 'post', mas aqui, direto pra você. Porque se eu não falasse nada, ia acabar te perdendo no silêncio. Talvez eu perca do mesmo jeito... mas pelo menos, dessa vez, você vai ter me lido.

Com sinceridade,

Rosa Maria

A carta foi dobrada com cuidado, colocada no envelope, selada com uma língua trêmula e quase seca, e levada até a caixa de correio mais próxima.

Passaram-se vários dias. A caixa continuava vazia — ou cheia daquelas propagandas coloridas que ninguém lê.

Até que, um dia, chegou uma resposta. Era uma carta longa, pelo que dava para notar pela espessura do envelope. Ela a pegou com pressa e correu para o silêncio do quarto. Prendeu o cabelo, respirou fundo e sentou-se na beirada da cama.

Foi então que reparou na frente do envelope.

No canto esquerdo, bem claro, o remetente: Cláudia — o endereço da amiga.

No centro, o destinatário: Rosa Maria — ela mesma.

Que confusão. Era a letra dela. Era o desabafo dela.

A carta, sem querer, tinha sido enviada... para si mesma.

Ela ficou parada, corada, como se alguém tivesse acabado de gritar uma verdade na cara dela.

E não precisou abrir. Já sabia tudo o que estava escrito ali.

REY MAYA

FLORES DE MERENGUE

Direito é só a metade,
a outra, oportunidade.

Na Frente Do Espelho

Tô me arrumando pra ir à rádio, mas nem sei o que vou falar. Nunca me entrevistaram na vida, misericórdia! Que nervoso. Será que essa roupa tá boa? Já falei pra Mainha que eu não quero festa, mas ela insiste em fazer uma pequena comemoração só com a família e cortar o bolo. Mainha é tão caprichosa, vive me surpreendendo com cada detalhe. Uma fofa! Se não fosse por ela...

Ai, chega! Hoje eu não quero chorar. Já tá tudo borrando aqui.

—Mãe, me passa o rímel que borrou tudo! E o batom também, por favor!

Onde é que eu tava mesmo? Ah, sim. Eu não quero festa. Nem quando fiz quinze anos eu quis. Aquela passarela com vestido bufante...

—Valeu, mãe.

...acho um mico! Parece coisa do tempo da bisavó. Eu, hein? Tô fora. Pode até parecer que sou estranha, mas de verdade, acho que sou bem mais pé no chão que minhas amigas. Olha a Magali: a família dela fez um festão de debutante e agora tão atolados em dívida até o pescoço. E pra piorar, ela saiu medonha nas fotos, parecia um boneco de posto.

Eu só pedi pra Mainha uma janta boa e pronto. Comi até não poder mais!

Mulher não é boneca pra ficarem trocando de roupa e exibindo depois em álbum cheio de pose mentirosa.

Meu pai? Nem sei que cara tem mais. Já tem séculos! Até meu peito cresceu e ele sumido. A última vez que ele me cantou "rappy bardei", tava tão bêbado que deu um tabefe tão forte em Mainha que ela desmaiou no chão. Minha vó botou ele pra correr. E fez certíssimo!

Imagina bater em Mainha... Ela que foi mãe e pai, que ralou

feito condenada pra me criar.

Já não sou mais criança, eu entendo das coisas.

Vi minha mãe chorar rios de lágrimas muitas vezes. Quando o desespero batia, ela se jogava na cama e dizia que tava com dor de cabeça. Como se eu fosse boba! Achava que eu não sabia que era por causa do meu pai. Ela inventava comida do nada e o bonitão lá, só na boa.

Lembro de uma vez que vi ela fazendo um purê de banana e parecia que temperava com as próprias lágrimas. Naquela noite, ele nem apareceu pra dormir.

Muitas vezes ela me servia o prato e eu perguntava se já tinha comido. Sempre dizia que sim... até que um dia percebi que na panela só tinha a raspa. A partir dali, eu fazia ela se sentar pra comer comigo e fechava a cara se ela não obedecesse. Vai saber quantas vezes dormiu com fome.

Quando o bicho pegava, Mainha abria o guarda-roupa e sentava na cama encarando o enxoval. Daí a pouco me dava uma sacola e pedia pra eu passar na casa da Tânia ou de alguma amiga pra ver se queriam comprar uma peça de roupa. Aos pouquinhos foi ficando sem nada. Até aquele vestido de veludo preto que eu amava, ela vendeu por uns trocados e um quilo de arroz.

Ela esvaziava o armário pra encher os nossos pratos. Dá pra dizer que fui criada com os vestidos dela.

Eu nasci num dia como hoje. Mainha tinha a mesma idade que eu tenho agora e, olha... era um avião. Já vi umas fotos dela e fico besta com o corpinho que tinha. As meninas de antigamente eram mais encorpadas, né? Deve ser a comida. Hoje é tanto veneno nas coisas, misericórdia! Antes era tudo natural.

Mesmo assim, não posso reclamar, né? Tenho meu borogodó — e quando eu passo, paro bicicleta, carro, até trator. Às vezes fico até sem graça com os elogios que recebo dos *boys*. Mas homem se assanha com qualquer vassoura vestida, todo mundo olha pra gente como se tivesse morrendo de fome.

Sou do tipo que espera um cara que me ame de verdade, que me respeite e me valorize pelo que eu sou. Será que ainda existe homem assim?

Todo ano, minha avó e minha mãe repetem religiosamente a história do meu nascimento. Dizem que lembrar é viver. Mas, misericórdia... já virou ladainha de novena! Que a barriga tava enorme, que ela vivia com sono, os desejos, o pré-natal, as pernas inchadas... Ô conversa que não acaba mais! Pelo menos tive a sorte de nascer num hospital, porque minha avó jura que nasceu num balde. Cê acredita numa coisa dessas?

Minha mãe tava com uma barriga de bola de praia e todo mundo dizia que era menina, porque barriga de menina é pontuda. A pobrezinha quase ficou doida. Menina gasta mais que menino, e tudo tem que ser cor-de-rosa! Só que eu nasci na pindaíba, não tínhamos um centavo furado. Se fosse menino, teria roupa sobrando, porque meus primos passavam o enxoval de um pro outro. Acho que já tava condenada a vestir azul — ainda bem que azul é minha cor preferida e combina com meu nome. Ah... deve ser por isso que me batizaram assim! Mas isso nunca me contaram.

—Tô indo, Mainha!

Ela quer porque quer que eu almoce antes de sair, mas eu, quando fico nervosa, não como nada porque sei que vou botar tudo pra fora. Melhor deixar pra a volta. O que será que vão me perguntar? Tanta zuada por causa de um bolo!

—Cadê minha identidade?!

Tem um ditado que diz: "Devagar que eu tô com pressa". E minha mãe, quando cisma com uma coisa... Vixe! Parece que nasceu pra competir. Bom, talvez ela não... mas eu sim. Sempre falam que eu era preguiçosa desde a barriga, por isso não ganhei a cesta maternidade completona. E era das boas... vinha até com berço!

Depois de um mês de cuidados, ela foi internada com data marcada. Os médicos diziam que talvez eu nascesse na noite do dia 7. Em casa, todo mundo roendo as unhas, mas o trabalho de parto demorou porque ela não dilatava. As contrações começaram às cinco da tarde. Botavam minha mãe pra dentro, pra fora, e eu lá, de boa. Ela lutava feito uma leoa, segurando as pontas o máximo que podia pra deixar virar a meia-noite. Um prêmio desses não dá pra deixar passar! Quem é que te dá uma cesta de bebê completinha hoje em dia? A maior que uma criança daqui poderia ganhar!

Quase onze da noite, a bolsa estourou e correram com ela pra sala de parto. Ela diz que, cada vez que empurrava, lembrava do prêmio: as fraldas (aaah!), o talquinho (uuuh!), a colônia (hããã!), a roupinha (aaai!), o beeerço... hãããmmm!

Quando for a minha vez, eu quero é cesárea. Homem devia parir, pra saber o que é bom! Queria ver meu pai me parindo. Por que é que sempre sobra a parte mais difícil pra gente?

E aí, a rainha da cocada preta se viu do lado de outra barriguda — uma concorrente estranha que nem dor parecia sentir, entrou com um sorrisão de orelha a orelha. Mais parecia que ia pra parque de diversão do que pra sala de parto. E a regra era clara: tinha que ser parto normal, senão, nada de cesta maternidade.

—Mainha, como era o nome daquela que induziram o parto, hein?!

Ah, Mônica! Só de lembrar dessa Mônica me dá uma raiva... Ladra! Em todo canto tem maracutaia. Pra mim, não devia contar a primeira que nasceu, e sim a primeira bolsa que estourou. Ou então que dessem um prêmio pra todas que nascessem naquele dia. Mas aquela mulher ali... tinha pistolão, certeza! Porque largaram minha mãe na maca, fazendo força sozinha, e foram correndo na outra pra arrancar a menina na marra. Tá na cara que teve tramoia. Imagina, duas mulheres competindo como corrida de cavalo!

—Ô Mainha, era pra ter empurrado mais forte!...

Com quem? Com ninguém! Com o espelho! Tô só ensaiando, vai que me perguntam sobre isso.

Ela deve pensar que eu tô doida, falando sozinha.

Se eu não tivesse demorado tanto, tinha nascido primeiro. Quando botei a cabeça pra fora, já tavam cortando o cordão da outra. Quando cortaram o meu, a outra já tava de blusinha rosa do prêmio. Ela, primeira menina do dia 8 de março, toda de rosa... e eu, cinco minutos depois, de azul. Mas foi no roubo!

O bom é que eu perdoei, e também, essa cesta maternidade nem existe mais. Mas minha mãe sofreu mais por perder o prêmio do que pelo corte que levou. Brigou com médico, argumentou até cansar, mas não adiantou nada.

E o pior: ela ainda foi mãe-de-leite da outra —e um monte de bebê do berçário— porque o suco dela tava que ia estourar e eu, de fome, nada. Ironia da vida, né?

Ela me rouba a roupa e eu dou meu leite.

Todo mundo dizia que Mainha tinha um menino tão bonito, e ela ficava braba, levantava minha fralda e mostrava minha pepeka pra provar que era menina. Claro... de azul, quem ia imaginar?

Olha só que coincidência: hoje também tô de azul. Mas agora, pelo menos, dá pra ver que sou mulher — e ainda bem que não preciso ficar mostrando nada por aí.

Tenho certeza de que desta vez eu ganho o bolo. Tô saindo agora, voada pra rádio. Afinal de contas, tenho identidade e posso provar que sou de maior. Quem diria! Ontem eu brincava na lama e hoje sou uma moça.

Ai, mas nem me imagino sendo mãe na minha idade! Espero que, quando eu for parir, seja um menino e que já exista o Dia Internacional do Homem. Juro que ganho a cesta, e se não ganhar, ainda tenho a dos meus primos, que também foi minha e tá inteirinha.

—Ô, Mainha, já começou o "Moda Sertaneja"!

Depois desse programa é o prêmio. Mainha e eu esperamos dezoito anos pra aparecer na rádio e ganhar esse bolo.

—Tô indo, menina!

Que mulher apressada! Dizem que todo ano o pessoal lá da

cabine acaba todo lambuzado de merengue, porque ninguém vai buscar o bolo. Que desperdício!

Acho que esse bolo me esperou todos esses anos.

Deve ser gigante, de uns três andares. Tomara que tenha flores! Eu amo as florzinhas de merengue, um montão. É a minha parte favorita. Ai, com certeza uma galera vai me escutar!

Que nervoso! Calma, Azul, respira. Esse bolo já é seu!

Mas... como eu vou levar pra casa? Não pensei nisso. Imagina se eu deixo cair...

—Mainha, quanto será que tá a corrida de lá até aqui?

Nossa, que roubo! O povo pensa que dinheiro nasce em árvore! Mas não importa, é melhor garantir que ele chegue inteiro. Na mesa da cozinha não cabe, vamos ter que botar na cama e cobrir com o mosquiteiro, porque deu pra aparecer um monte de mosca...

—*Saudade da minha terra...*

Essa música me dá um negócio por dentro. Parece que foi feita pensando na minha história.

Tô pronta.

—Mainha, que horas são?

O QUÊ?! Corre, menina, que o tempo tá acabando!

De Novo Na Frente Do Espelho.

Misericórdia, eu preciso de uma benzedura daquelas! E olha que eu me apressei, viu? A história se repetiu. Antes mesmo de acabar o programa na rádio, a gente saiu voada — e, por mais que a gente corresse, fiquei sem o bolo. O sabido vive do tolo, e o tolo da sua tolice.

O que são cinco minutos, mermã?! Cinco minutos não é nada! Ó, nem dava pra ver meus pés de tão rápido que eu vinha! Mas aquele bolo não era pra mim, como tantas outras coisas nessa vida. Quem é que ia imaginar? Claro... a gente tem a mesma idade...

—Mainha! Como é que a senhora não lembrou da filha da Mônica?!

Pois é: minha irmã de leite me passou a perna. Por cinco minutinhos! Quando a gente chegou —as duas pingando de suor— falaram que uma aniversariante tinha acabado de entrar. Dezoito anos esperando e fiquei só chupando o dedo!

Mainha sempre dizia: "Quando você fizer dezoito, eu te levo na rádio pra ganhar o bolo".

É o bolo que eles dão pra primeira moça que faz dezoito anos no Dia Internacional da Mulher e chega na rádio logo depois do programa sertanejo da manhã.

Ainda rola entrevista ao vivo, todo mundo escuta a sortuda. É um gesto bonito e, pra falar a verdade, ia me deixar conhecida no bairro.

Olha que ironia... eu aqui, falando com o espelho, e a outra lá, roubando a cena. Ela no microfone, e eu... já tinha até devorado as flores de merengue na minha cabeça.

FORA D'ÁGUA

Lá no fundo é mais sereno,
mergulhe e seja bem pleno.

Riba nasceu com uma condição grave e, desde cedo, enfrentou a rejeição e o deboche de outras crianças. Seus pais se esforçavam para que ele tivesse uma vida feliz, criando espaços ideais para o seu desenvolvimento.

Mas Riba não era um menino como os outros.

Precisava de cuidados especiais: não podia se expor ao sol nem à poeira; suas roupas tinham que ser leves e macias; e era preciso aplicar cremes na pele constantemente, pois, coberta de escamas, irritava-se com facilidade e, às vezes, a situação se tornava crítica.

Ele tinha um jeito peculiar de respirar, puxando o ar em grandes goles, como um balão de festa enchendo. Gostava de correr na chuva e de chapinhar atrás de rãs. Quando saía à rua, sempre havia um dedo acusador apontado para ele. Sofria a discriminação mais dura e dolorosa, como se não pertencesse a este mundo ou como se Deus tivesse se enganado ao colocá-lo nos braços dos pais.

Ainda assim, o Menino-Peixe —como o chamavam— era o filho mais desejado do mundo, o sonho realizado de um casal já maduro. Hoje, tudo isso ficou para trás.

Ele já é como os outros e pode ir de um lado a outro sem se cansar. Sem ser visto como estranho, sente-se um peixe dentro d'água. Tem amigos com quem pula, brinca e ri como qualquer criança. Ninguém o aponta nem o enxerga como um bicho esquisito. Move-se com agilidade, e sua pele agora é brilhante e bonita.

Sua família partiu para um acampamento, levando tudo o que precisavam para se divertir. As mulheres logo acenderam a fogueira e encheram o ar com o perfume de especiarias irresistíveis, enquanto, no caldeirão fumegante, já fervia um ensopado suculento. Os homens decidiram encher as boias e seguir para o rio. Com a cheia, podiam se lançar da cachoeira sem correr grandes riscos.

A mãe de Riba relutava em deixá-lo ir, mas o pai acreditava que uma dose de pura adrenalina faria bem ao menino, e acabou convencendo-a. Pegou-o com firmeza no braço direito, enquanto no outro carregava a boia pendurada.

O rio estava mais fundo do que nunca, com água fresca e cristalina apesar das chuvas recentes. A correnteza era forte e os conduzia, à vontade, pelo leito vibrante e barulhento. O som da água misturado às risadas coroava a aventura, diminuindo o sobressalto dos menores. Riba se divertia, mas sentia que precisava segurar a boia com toda a força enquanto o pai comandava aquele navio sem leme.

—Mexe os pezinhos, Riba! —dizia o dedicado "almirante", talvez por notar o visível espanto do novato.

O Menino-Peixe foi se sentindo em casa, protagonista de sua própria travessia. Por instantes, sentia nas pernas as mordiscadas inocentes de alguns peixes travessos. Dizem que a água, cedo ou tarde, sempre busca o lugar certo para repousar, e Riba, tão novo, estava vivendo algo decisivo. Chegara ao momento-chave de sua história, nadando entre duas águas irremediavelmente opostas. Naquele dia, estava nascendo pela segunda vez.

Assim, alegre e divertida tinha sido aquela corrida de câmaras de pneu infladas quando, de repente, o menino se afastou do grupo. Escorregou pelo círculo largo que o cercava — como uma rosquinha— e, como se fosse puxado por uma força misteriosa, foi descendo até sumir no fundo do rio. Enquanto afundava, sentia o abraço frio da corrente profunda, o eco distante das vozes lá de cima se espalhando pela água, como palmas que iam se apagando, e uma luz tremeluzindo inquieta entre os pés agitados que tinha deixado na superfície.

O mundo submerso parecia de outra cor, de outro tempo. Riba se arrepiava diante das novidades que surgiam diante dos olhos e começava a se preocupar com a volta para junto do pai. O ar já rareava, mas ele não se afobava; esperava quieto naquele pedaço encantado, certo de que o pai viria resgatá-lo.

Na superfície, os homens já não sabiam o que fazer. Seu pai mergulhava e voltava, tomado pelo desespero do próprio rio, sem conseguir encontrá-lo no meio de gritos, chamadas e lamentos. Lá embaixo, num recanto estranho, o Menino-Peixe aguardava, calado e resignado.

Chegou o momento de reagir. Riba entendeu que precisava fazer seu próprio resgate. Começou a mexer o corpo, guiado só pela vontade de romper aquele tecido de luz onde o pai boiava. O esforço começou a dar fruto, e ele subia devagar, sentindo a pressão da água aliviar a cada braçada. Os gritos e choros ganhavam nitidez conforme se aproximava da superfície. O pai o procurava aflito, chamando seu nome. Riba emergiu como quem já nasceu sabendo, botou a cabeça para fora e começou a gritar, tentando se manter à tona. Mas tanta algazarra e confusão pareciam engolir sua voz. Enquanto ele insistia em chamá-los, todos pareciam não escutar — como se fosse invisível, feito sombra d'água.

Já tinha encontrado o compasso certo para se mover nas águas, deslizando leve, dono do próprio rumo.

Foi chegando mais perto e, com estranheza, percebeu que, mesmo ali do seu lado, beliscando de leve o braço dele, aquele homem que até então tinha sido seu pai seguia vasculhando as águas revoltas, procurando sabe-se lá o quê, sem notar que o que tanto buscava estava a um palmo de distância.

—Pai! Tô aqui! Pai! Ô pai! — chamava, mas parecia que quanto mais gritava, mais sumia para os ouvidos dele.

Um dos primos chegou a reparar e, com o mesmo dedo acusador de antes, apontou e soltou, entre espanto e encantamento infantil:

—Olha, pai... ali tem um peixe bonito demais!

Quando o sol se escondeu atrás da mata, os homens foram recolhendo as coisas, e junto com eles se foi também seu pai — que, pela primeira vez, o deixou sozinho.

Daquele dia em diante, tudo mudou: sua vida, sua casa, seu mundo. Hoje, corta as águas como qualquer outro peixe, vive como se sempre tivesse pertencido ali. E, a cada vez que alguém se aproxima, ele salta animado ao lado, num gesto de boas-vindas.

É nesses instantes que a memória puxa o fio e ele se lembra da primeira família, daqueles tempos em que, por um dia, esteve fora d'água.

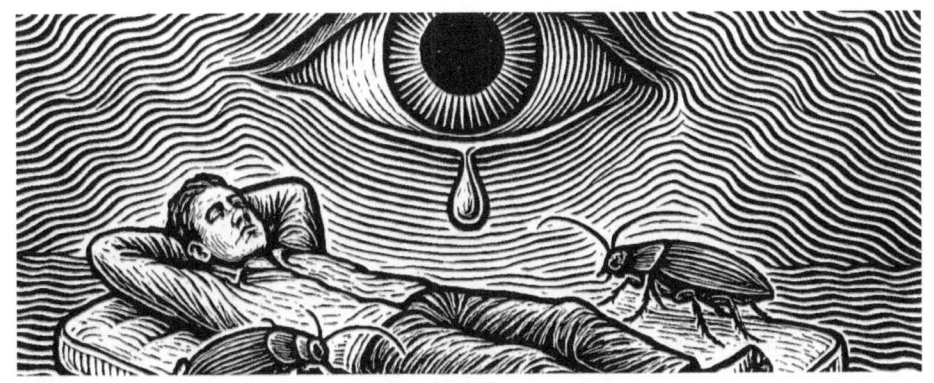

OLHOS PSICODÉLICOS

Naquele olho que me encarar,
brigo com a besta que eu fechar.

O frio entrou pelos ossos no instante em que atravessei. Um arrepio correu pelas minhas costas, e senti as mãos e os pés formigarem. A boca secou. Os lábios ardiam e incharam. Ao redor, tudo era breu, mas aos poucos começaram a surgir vultos e lampejos, até que figuras estranhas se desenharam.

Dei de cara com a besta, destacada na caverna por causa dos olhos luminosos. Apenas recuei, sem me prender ao que sentia. A cabeça era alongada, a boca enorme, e as garras se esticavam como sombras vivas. Queria me pegar de um jeito esquisito, quase afetuoso. Tentei escapar. Corria devagar, pesado, como em sonho. As garras se esticavam como chiclete, roçando em mim sem alcançar.

Passei por um labirinto ocular, formado pelas linhas e veios da própria íris, fugindo das garras. No fim, me vi subindo uma escada que não acabava nunca. Eu subia e o corpo ficava mais leve, como se já não fosse totalmente meu. Segui por inércia... até despencar sobre um colchão macio de molas, que amorteceu a queda.

Flutuava num rio branco, denso, sem margens. Me deixei levar. Ao longe, dois olhos imensos e luminosos me fitavam, como se o próprio escuro me observasse. Piscavam e me hipnotizavam. Cruzei os braços atrás da cabeça e segui boiando naquele colchão, sobre o rio aceso, como se tudo fosse parte de uma peça líquida, sentindo o peso fixo daquele olhar constante, sem ameaça alguma.

Os olhos se afastaram, ficaram na vertical, e deles brotaram patas de barata. Andavam tortas, descompassadas, se aproximando. Um enjoo me tomou. Subiram no colchão e encostaram em mim. Uma coceira se espalhou pelo corpo todo e quis fugir, me atirando na água.

Emergi. Silêncio absoluto. Apenas um gotejar leve, compassado, como se algo pingasse de dentro de mim.

O cabideiro, abarrotado de roupas, erguia-se como um monstro imóvel.

As baratas faziam a festa sobre o queijo dos nachos, alheias a tudo.

A cerveja derramada se infiltrava pelo carpete, alcançando meus chinelos.

Uma linha úmida ainda descia, devagar, das pálpebras até o queixo. Eu tinha chorado.

E foi aí que vi o baseado, queimando devagar no braço da poltrona.

REY MAYA

TIMBERMAN

No atalho que mais seduz,
a volta é sempre à cruz.

O pai de Ivan era uma besta desprezível, bruto até o osso. Um bicho de costas largas, voz grave, mãos firmes e um rosto de pedra — sempre fechado, carregado, como se cada passo fosse acompanhado de uma sentença. Quando aparecia, dominava o ar; quando respirava, parecia castigo. Cheirava a fumo, a terra seca e a suor azedo de axila, aquele cheiro que só os homens que nunca pedem desculpa por ser como são carregam.

Quando falava, as paredes pareciam afinar; quando gritava, as colheres tremiam nas gavetas. Se instalava na sala como um totem invisível e, quando calava, era como se a guerra terminasse.

Ainda assim, sabia beijar a testa da esposa. Sabia tocar com uma ternura inesperada a mão dela, o contorno do corpo por cima do avental. Sabia quando ficar em silêncio e quando cravar o olhar como quem dita lei.

A mãe de Ivan o amava com loucura. Dizia sem vergonha: "Tenho um santo na sala e uma besta na cama". Ivan se encolhia, desviava o olhar, se sentia intimidado. Tudo no pai era grande, firme, inquestionável. Até o silêncio dele pesava, julgava, como se pudesse esmagar qualquer coisa com a própria sombra.

Ivan tinha aprendido a viver pisando em ovos: não mostrar demais, não falar demais e, acima de tudo, não confrontar. Porque também era homem e se sentia homem. Gostava do próprio corpo jovem. Se olhava no espelho com satisfação, se barbeava com orgulho. Curtia ver o músculo tomando forma, o pelo crescendo no peito, as pernas e braços se contraindo na academia. Tirava selfie sem culpa. Gostava do desenho do pescoço, do maxilar, da cor da pele e até do cheiro da cueca. Se sentia bem resolvido, inteiro.

Mas gostava de homens: dos corpos fortes, das vozes graves, do olhar firme de quem sabe sustentar. Não vivia isso como contradição, mas como verdade. Só que, em casa, essa verdade não tinha espaço. O pai não entenderia. Mataria. Chamaria de desvio, pecado, fraqueza; algo para corrigir, curar ou castigar. Era homem de igreja. Por isso, Ivan se calava.

Naquela noite, tinha vinte e um anos. Tinha ganhado um carro sem muito chão rodado. A mãe dormia pesado, o pai estava fora, como sempre. Ivan carregava um desejo impossível de segurar. Não queria mais imaginar, queria viver. Queria pele, corpo, encontro, risco.

Passara semanas no Timber, deslizando perfis, descartando uns, guardando outros. O tipo era claro: alguém que o atravessasse por inteiro — corpo, pele, medo. Achou o cara certo. Não mostrava o rosto, mas exibia um braço moreno, forte, bem cuidado. Quarenta e poucos anos. Discreto. "Sem limites", dizia a bio. Poucas palavras trocadas. Tudo batia.

Marcaram um encontro rápido num estacionamento afastado, no canto mais escuro. Ivan se perfumou, botou uma roupa nova guardada para a ocasião especial, mandou dois shots para segurar a onda. Saiu no silêncio.

Dirigia com um meio sorriso, o peito acelerado, a pele arrepiada de expectativa e o bicho dando sinal de vida. Se sentia bonito, ousado. Era a hora.

—Onde cê tá? —digitou.

—Vem pro fundão. Meu carro é o prata —respondeu o outro.

O carro não chamava atenção. Ivan se aproximou e bateu no vidro. A porta abriu. Lá dentro, um corpo nu o esperava: pele esticada, couro, argolas, postura de domador. O homem dos sonhos.

—Eita...

Era o pai.

COMPRA NÃO RECONHECIDA

Pra reaver o que é seu, que ironia,
cobra-se a taxa da valentia.

Júlio era um homem de consciência limpa. O salário, suado na oficina, virava dinheiro vivo. Guardava no envelope, gastava no tempo certo, porque sabia o peso de cada real. Por isso, quando o banco negou um crediário mixuruca para ele renovar as ferramentas, alegando score de crédito baixo, foi como levar um tapa na cara. Logo ele, que nunca devia um centavo.

Os amigos nadavam de braçada nesse mar. João, André e Ricardo falavam de limite, de cartão black, de compra parcelada sem juros como quem comenta resultado de jogo.

Júlio sorria, mas por dentro doía — não fazia parte do clube.

Resolveu entrar. Foi caçar na internet, onde termos como "taxa de juros", "rendimento", "CET" e "alavancagem" pareciam pecinhas de um quebra-cabeça impossível.

Pediu ajuda:

—Eu só pago a fatura e pronto —deu de ombros o João.

—Tem que ver *firewall, gateway* seguro, antivírus parrudo... — soltou André, metido a técnico.

—Esquece banco, cara. Vem pra cripto. O futuro é sem gerente enchendo o saco —filosofou Ricardo, passando o cartão com *cashback*.

A luz veio na fila do mercado, entre o pacote de ovo e o papel higiênico:

—Fiz o cartão da loja, comprei o colchão, paguei direitinho e pronto! O score subiu que foi uma beleza —confidenciou uma senhora.

Júlio seguiu a dica, pegou o cartão da loja, comprou a furadeira de impacto e pagou as prestações como se fosse promessa de santo. Funcionou. O número mágico começou a subir, devagar no começo, depois embalou.

Até que um dia chegou a carta: "Parabéns! O senhor foi pré-aprovado para o nosso cartão Platinum do Banco Ypê com limite de R$ 300". Ele não fez nada de novo, só seguiu o script. Algum algoritmo resolveu que ele era digno. Passou a abrir o *app* do banco como quem lê horóscopo: saldo, fechamento, vencimento, pagamento mínimo. O *score* subia dez pontos, caía dois, subia sete — montanha-russa que mexia com o humor.

Foi aí que viu: entre a conta da internet e o mercado, uma linha estranha: "FURTO – R$ 99,99".

—Ah, não... —pensou. Ligou para o banco.

Depois da musiquinha de espera, o Atendente 1:

—Entendemos, senhor da Silva. Vou transferir pro setor de Contestações.

O Atendente 2:

—O senhor precisa preencher o formulário CSD-723A, disponível no site. Anexar RG, comprovante de endereço e declaração escrita.

O formulário parecia em outra língua. Pediu socorro aos amigos:

—Roubaram 50 conto meu. Paciência, né? O molho sai mais caro que o peixe —disse João.

—Isso é *phishing*! Baixa o "CyberWall Ultra", tá em promoção —indicou André.

—Falei pra vir pra cripto. Bancos são museu com gerente —

riu Ricardo. Júlio enviou os papéis. Semanas depois, ligou de novo:

—Seu caso tá na etapa final, aguarde de 15 a 30 dias úteis — disse o Atendente 3.

—Não encontramos sua reclamação, pode reenviar? Mas precisa levar carta escrita à mão numa agência —informou o Atendente 4.

Já sem sono e com raiva, pesquisou na internet. Achou um fórum: "Compras não reconhecidas da 'Fundo Universal de Recursos Tributáveis e Operacionais LTDA' (F.U.R.T.O.)". Histórias idênticas. Um comentário salvador: "Cita o Código de Amparo ao Consumidor XR-45. Funciona".

Ligou de novo:

—Conheço meus direitos. Código XR-45.

Silêncio. O tom mudou:

—Um momento, senhor. Vou ver seu caso pessoalmente.

Dois dias depois, estorno feito. Júlio sorriu: tinha vencido.

Semanas mais tarde, conferiu a fatura. Nada dos R$ 99,99. O score, um pontinho a mais. O sorriso foi curto: lá estava, mais abaixo:

"Taxa de Gerenciamento de Contestação: R$ 14,99 (Cliente Fiel)".

CONFISSÕES DE UM GATO

*Primeiro atua, na luz da lua,
depois plateia, no calor da estreia,
até pano cair, e o ato fugir.*

Meu posto de vigia é imbatível: aqui, no parapeito da janela, onde o sol da manhã se espalha feito mel morno. Minha pelagem branca, prova da minha passagem, gruda no tecido gasto da poltrona, no veludo puído da cortina. O vidro, às vezes embaçado pelo bafo da noite, é a fronteira do meu reino.

Dele, vigio o turbilhão lá fora. Meus olhos felinos seguem atentos, caçando as presas que esse espetáculo vivo me oferece. Uma fome desmedida por tudo que respira, por essa praga inquieta de criaturas, me mantém alerta. Meu olhar, afiado e paciente, segue o voo torto de uma borboleta perdida, a queda preguiçosa de uma folha de outono.

Um tremor confortável, um zumbido grave e constante nasce no meu peito quando o astro-rei finalmente conquista meu almofadão. É uma das poucas certezas: esse calor que se infiltra até o fundo. Daqui, julgo o vai e vem dos pequenos, com seus gritos cortando o ar e gestos que desafiam a calma; e depois os adultos, com a urgência carimbada nas feições.

Se eu fosse livre... se pudesse correr atrás deles, pegar as moscas que batem no vidro, os passarinhos atrevidos que ousam me provocar, brincar com a lagarta que se arrisca na moldura, sentir outra vez o arrepio do cachorro correndo atrás de mim... Como são previsíveis na pressa deles!

Minhas orelhas grandes, vivas e atentas a qualquer farfalho, viram-se para o arranhar de uns galhos no muro. Um sopro de vento mais frio entra pela fresta e me faz encolher, protegendo o calor. Queria me reunir com os meus como antes, ao redor desta poltrona e desta janela, mas o vidro virou fronteira que separa meus sonhos do mundo.

O desfile lá fora é hábito. As caras mudam, mas a rotina aqui dentro é âncora. Mãos anônimas me oferecem afagos; água nunca me falta, a comida aparece sem que eu peça — às vezes com um murmúrio distante dos meus cuidadores. Cumprindo o ritual.

Se não fosse essa janela que me serve de mundo e o velho novelo de lã que ainda me fascina, fio a fio, não sei o que seriam dessas horas compridas. Me distraio observando, puxando os fios com uns toques leves. E sigo aqui.

O pó dos anos se junta sob estas garras gastas. Um ronronar de lembrança me toma; a saudade me acaricia. Um raio enviesado de luz oferece espetáculo silencioso que me prende por eternidades que outros nem entenderiam. Sou um bichinho esquecido.

Hoje, a luz encolhe mais cedo. Um frio conhecido sobe sorrateiro pelas bordas da janela. É hora de recolher. Minha descida já não é salto: é cálculo lento. Me apoio no braço de madeira polida da poltrona, que alguém, há muito tempo, encostou aqui de propósito.

Um sopro de dor me escapa ao tocar o chão. O corpo resiste, mas cede como maré se retirando.

Já estou velha.

Antes, fui a menina que corria naquele parque que hoje mal enxergo pelo vidro embaçado e pela névoa dos anos. Fui a moça apressada, pegando o ônibus para o trabalho, sentindo o coração da cidade em cada baforada de fumaça. Fui também a mãe que empurrava o filho no balanço do quintal, soprando sonhos para o alto.

Tudo isso escorreu... como água entre os dedos.

Agora, sou só uma velha, com olhos de gato, me despedindo da vida pela janela do quarto neste asilo esquecido.

A MOSCA E O CAMALEÃO

Tem coisas que a gente só prova
tem outras até que mastiga
mas nem tudo vai pra a barriga.

Um cheiro inconfundível —o das promessas que subiam da podridão do sistema— atiçava a mosca, fazendo-a sonhar com o dia em que ia levantar voo e sumir no mundo. Levava a vida num trabalho modesto, mas certo, entre montes de latas que ela tinha que separar, organizar e expor com capricho.

Trabalho de mosca, salário de formiga.

Uma porcaria. Cheiro ruim. Além do peso da rotina, ainda tinha o nó na garganta da situação legal: tudo o que ela era e tinha vivia na corda bamba, sempre com a sombra da deportação pairando por perto.

No meio desse sufoco, uma promessa ecoou feito música no ouvido:

"Deixe de ser mosca, voe mais alto, seja abelha. Não só consuma, produza. Nós ajudamos você. Procure..."

Foi assim que a língua comprida do camaleão chegou até o cantinho onde ela trabalhava.

Enquanto ajeitava aquelas latas sem cor nem sabor, veio a novidade: as coisas podiam virar, um futuro melhor estava ao alcance, mas precisavam de assinaturas. Se o candidato ganhasse, ia apoiar os trabalhadores, fortalecer a nação e liberar vistos de trabalho. Prometia um oásis no meio do deserto; ninguém mais ia precisar entrar escondido ou pular fronteira, ia ser de cabeça erguida. Com papel na mão. O sonho de todo imigrante.

—É esse o cara —pensou a mosca, com o peito aceso. —Tenho que ir, deixar minha assinatura. Quero fazer parte disso.

Chegou no endereço: prédio seco e moderno, quatro paredes e uma porta, só o essencial. Pintado num vermelho vivo. A mosca também vestia vermelho naquele dia — tinha "vestido a camisa" de propósito, ansiosa para que a vissem como parte do movimento. Lá dentro, num escritório simples e sóbrio, o camaleão vermelho a recebeu com um sorriso elegante e convincente. Desenrolou o discurso polido do político, enredando-a com a língua, saboreando-a sem engolir de fato, porque tudo o que queria era a assinatura dela.

Estendeu o papel — folha branca, limpa, esperando por tinta. Ela assinou, decidida.

—Estamos transformando o presente, construindo um novo futuro, fazendo história —declarou o camaleão, firme.

E a mosca saiu de lá sentindo como se tivesse criado asas novas, leve e cheia de esperança.

O camaleão venceu. No seu jeito lento, mas certeiro, chegou lá no topo da aceitação popular e, de lá, começou a "mudar o presente", mas também a apagar o passado, erguendo, na real, um futuro de depressão pesada.

A mosca, enquanto isso, seguia fuçando naquele mar de latas sem vida. O sonho bonito de virar abelha tinha se dissolvido na baba daquele lagarto vitorioso, e sua situação legal, longe de se firmar, continuava por um fio. Aquela besta não só tinha roubado a assinatura dela; agora, do alto do poder, soltava decretos que a transformavam numa criminosa, uma "invasora" do sistema. Tirou a fiança que um dia tinha dado um respiro, cancelou a permissão de trabalho e, com isso, levou embora a paz dela.

Foi aí que ouviu um bater de asas —notícia ou fofoca—, um zunido insistente entre as prateleiras. Outra mosca cochichou:

—Tem um advogado. Há um guarda-chuva legal. Eu já dei entrada no processo. É chato, sim, mas lei é lei.

Acendeu-se outra faísca. "Voa", disse para si mesma, "sai desse lixão de latas". E lá foi ela de novo, guiada pelo cheiro doce e podre do sistema, direto para o covil da besta.

O mesmo prédio, agora pintado num cinza sem vida. Lá dentro, o camaleão cinza a esperava no mesmo ambiente desanimado, onde só se destacava o branco impecável de uma folha de papel.

—O artigo tal da lei —recitou ele com a cara de pedra—, no inciso 'sei-lá-qual', lhe dá a chance de apelar.

—Tô liso...—murmurou a mosca.

—Não se preocupe —respondeu o bicho, polido—, nossos despachantes são tão bons quanto qualquer advogado.

Pouco depois, foi mandada embora do trabalho.

—Aqui você sempre pode voltar —disseram, com aquela cortesia gelada—, quando regularizar a situação.

As lágrimas encheram seus olhos grandes de mosca. Começou uma caminhada sem voo, sem destino, rumo ao desconhecido. Adeus às latas, adeus àquela estabilidade frágil.

As dívidas do cartão de crédito cresciam num ritmo assustador. O dia do aluguel se aproximava, rondando. Precisava negociar.

Sem vontade nem esperança, suas asas frágeis, quase por puro impulso, a levaram de novo até aquele prédio, cuja porta, de forma nada convidativa, já estava escancarada.

O camaleão azul a recebeu. O rosto, agora calculadamente azul, como mar congelado; a saliva, antes doce, tornara-se amarga e cheia de segredos.

—Sua situação é complicada —sibilou o camaleão—. As contas não fecham, há números vermelhos por toda parte. Mas... poderíamos abrir uma exceção. Você tem um bom histórico.

A besta a fez rodopiar na língua enganadora, num turbilhão de cifras e cláusulas. No fim, exausta e tonta, a mosca aceitou o acordo. Assinou e saiu dali correndo, fugindo das garras do predador.

Assim virou "sem-teto". Descobriu um mundo que, no fundo, parecia estar sempre à sua espera — um buraco sem fundo de desespero e fome. E agora sabia que lá embaixo as moscas eram muitas, a peste reinava, e o frio desprezo dos outros matava mais rápido que a própria miséria.

Já não foi mais a lugar nenhum por conta própria. Desta vez, vieram buscá-la.

Uma língua longa e áspera, visível e brutal, arrastou-a pelas ruas, expondo sua vergonha, até aquele prédio que agora ostentava um verde venenoso. Ela já não confiava naquela saliva, que escorria sem pudor por entre dentes afiados, molhando o papel que, mais uma vez, tinha que assinar.

—Vamos ajudar você —disse o camaleão verde, num tom zombeteiro—. Sem compromisso. É questão de saúde pública e de justiça social. Um assunto de ordem pública.

O discurso soava como uma paródia grotesca.

—Vamos dar o que for preciso. Do que você precisa? Temos comida, roupa, água. Muitas doações.

A mosca assinou. Não um compromisso, mas um consentimento: uma permissão explícita para que agissem. Saiu de lá sem asas, totalmente despojada, como um inseto rastejante. Mas, pela primeira vez, carregava algo concreto: um pão vencido, uma manta puída, uma garrafa de água sem marca. E um número. Uma etiqueta. Um registro. Estava oficialmente "assistida".

O calor dentro da velha caminhonete penhorada era sufocante, um micro-ondas que evaporava qualquer emoção.

O maiô já estava seco depois de abandonar a piscina do

condomínio onde um dia ele morou.

Levantou-se com esforço, abandonou aquele abrigo improvisado no estacionamento do supermercado onde um dia ele trabalhou e se afastou. Deixava tudo para trás — a caminhonete, as "asas" quebradas.

Deu alguns passos trôpegos sobre o asfalto em brasa. Viu no chão a lata de atum vencido que tinha recebido de doação e devorado horas antes, agora tomada por moscas frenéticas. Sorriu, enquanto lágrimas amargas serpenteavam pelo rosto sujo.

Tomou impulso e chutou a lata com força, mandando-a para longe.

Depois, atravessou a fronteira a pé, sob o sol escaldante, no sentido inverso — de volta para casa.

O CAFÉ DA CONCÓRDIA

A palavra pode erguer ou ruir,
a língua a guerra pode desatar;
paz é saber quando falar
e quando assumir.

O ar da cidade vibrava com uma mistura de solenidade e festejo discreto. Era o Dia do Mestre. As ruas exibiam guirlandas tecidas com folhas de louro e oliveira, e dos alto-falantes públicos vinham melodias instrumentais suaves, interrompidas de vez em quando pela leitura de passagens memoráveis dos grandes estrategistas da palavra.

Longe do centro das cerimônias oficiais, Roy inaugurava sua loja. O ancião — o sorriso levemente torto e a pálpebra um pouco caída, mapa visível de um conflito, sua última ferida de serviço — irradiava uma simpatia serena, de avô paciente. O lugar era modesto, em tons de creme, e cheirava a café passado na hora e às mil histórias guardadas nos objetos de segunda mão que preenchiam as prateleiras. Uma plaquinha com caligrafia caprichada dizia:

"Good Thrift. Todo o valor arrecadado para a Casa dos Girassóis (Crianças Órfãs da Discórdia). Mestres: 50% de desconto, hoje e sempre."

O sino da porta tilintou e entrou Alejandro, um estudante de intercâmbio, mochila ao ombro e o olhar cheio de curiosidade de quem explora um mundo alheio. Vinha da Terra Distante, uma nação que florescia numa paz tranquila, sem a necessidade histórica de forjar Concordes.

—Bem-vindo, jovem —cumprimentou o velho, os olhos brilhando com genuína amabilidade—, dia movimentado para abrir, mas a caridade não conhece feriados. Aceita um café? Vai por conta da casa.

—Brigado, senhor. Muita gentileza —respondeu Alejandro, aceitando a xícara fumegante—. Tô acompanhando as comemorações. Lá na minha terra a gente não tem Mestres. É tudo muito impressionante... e vi que o senhor oferece desconto permanente pra eles.

Queria entender melhor quem são, essas "guerras" de que falam. Senhor...?

—Meyer —disse Roy, indicando a cadeira—. E o seu nome?

—Alejandro.

—Entender... —murmurou Roy—. É um bom começo. Uma semente. Veja bem, Alejandro... não sei dizer por que os homens sempre brigaram. Acho que é mais um impulso primitivo, uma questão de sobrevivência do que de supremacia. Minha mãe costumava dizer que, quando se é pequeno, precisa mostrar os dentes com raiva pra ser respeitado.

»A força do rosto —aquela que persuade ou intimida— sempre pesou mais que a força do braço. Até as grandes bestas da história, no físico, eram homens de pouca estatura e mau gênio —comentou o ancião, travando a mandíbula enquanto exibia a dentadura postiça impecável. Os dois riram. Depois de um gole de café, ele prosseguiu:

—No fundo, as guerras nascem ou de um complexo de inferioridade... ou do contrário.

»A guerra mudou, claro. De paus e pedras, passou pra flechas e lanças; depois fogo, espadas, canhões, armas automáticas, drones, vírus... um crescendo de horror cada vez mais à distância. Depois do Grande Silêncio —o desarmamento mundial que quase nos apagou do mapa— o homem ainda precisava guerrear, mas as armas já eram outras. E foi aí, rapaz, que surgiram os Concordes.

»Foram —e alguns ainda são— soldados da palavra. As munições deles são as próprias palavras, escolhidas a dedo. As armas, os livros: história, filosofia, a arte da empatia. E o campo de treinamento é a biblioteca.

»Toda a formação dos Concordes, Alejandro, começa com um café na biblioteca. A minha começou assim, muitos anos atrás. Já esqueci um bocado de coisas... mas não aquele primeiro gole. O café —nos diziam— ajuda o cérebro, combate a oxidação, desperta as consciências e favorece a concórdia.

»É um pequeno ritual antes de mergulhar no estudo de como as palavras podem levantar ou derrubar mundos. A partir desse primeiro café, o caminho é longo: primeiro como Aspirante ou Sub-Concorde, depois Neo-Concorde no campo, em seguida Concorde, o profissional formado. Alguns chegam a Sum-Concorde e, por fim, poucos alcançam o título de Mestre — um posto emérito, depois do serviço.

»Mas não se engane... —a voz de Roy engrossou— é uma batalha dura, duríssima. Lutamos contra a desinformação, a demagogia, o medo.

»Lembro-me de uma campanha na Província do Sudeste, onde um movimento isolacionista envenenava a população.

Passamos semanas lá, escutando, falando, refutando mentiras com fatos. Foi exaustivo. Toda noite, você sentia a alma vazia, apenas para preenchê-la de esperança no dia seguinte.

O Mestre fez uma pausa, tocando inconscientemente a bochecha afetada.

—Estas marcas não são só do tempo, são dessas batalhas. A pressão constante, a responsabilidade... o corpo e a mente ressentem. Paralisia por estresse extremo, é como chamam isso. Já vi Mestres com tremores, com a voz embargada, com o coração exausto. São as feridas silenciosas desta guerra. Por isso o Dia do Mestre é uma honra, sim, mas também um lembrete de que nosso serviço ativo cessou porque precisamos que a mente descanse.

Alejandro tinha escutado em um silêncio reverente, seu café esquecido.

—Então... —disse baixo— as lesões não são só jeito de falar, né? Mestre Meyer... essa guerra vale mesmo a pena? Eu nasci na paz, nunca precisei de um exército de pacificadores como vocês. Talvez eu esteja bebendo um café que nem fui eu que torrei ou moi.

Roy o olhou com profunda compreensão.

—"Necessário" é uma palavra pesada, Alejandro. Que alternativa tínhamos quando vimos ressurgir o veneno da discórdia? Decidimos nos interpor, e o preço é alto. E sobre o seu café, você tocou numa ferida muito profunda. Poucos são os que cultivam cada grão da paz que desfrutam. Frequentemente, essa paz é um bem sustentado por mãos que não se veem. Sua terra, onde a paz é o ar que se respira, é um ideal. Mas pergunte-se: como ela se mantém? É autossustentável ou talvez as tempestades verbais sejam contidas por exércitos como o nosso, atuando como para-raios? Nada existe no vácuo, Alejandro. Compreender isso é o início de uma sabedoria muito grande.

O tempo pareceu segurar o fôlego. Por fim, Alejandro se levantou e deixou o olhar passear pela loja, até parar num verdejante volume de capa dura: *A Herança das Bestas*.

—Mestre Meyer, quanto tá esse livro?

—Quinze dólares, é uma edição especial —respondeu o Mestre—. Embora esse, rapaz, seja apenas seu preço, não seu custo. O custo está em cada página. É uma jornada árdua, mas vale cada passo.

Depois, com um brilho diferente no olho bom, acrescentou:

—Mas para você, hoje, serão apenas $7.50.

Alejandro ergueu o rosto, surpreso.

—Cinquenta por cento? É por causa do Dia do Mestre também?

Roy balançou a cabeça devagar.

—Não exatamente, e sim. É porque acredito que hoje, com suas perguntas, sua sensibilidade e essa metáfora do seu café, você deu seu primeiro passo em direção à Concórdia. Você começou a ver os fios invisíveis, a intuir o preço da harmonia. E isso merece um reconhecimento. Considere este livro mais uma pequena ferramenta para esse caminho que, sem saber, você talvez já tenha começado a percorrer.

Com o coração apertado de gratidão, Alejandro pagou pela relíquia.

—Não sei nem como agradecer, Mestre Meyer. Pelo café, pelo livro... por tudo.

—Não há nada a agradecer, Alejandro —respondeu o velho, guardando o dinheiro numa caixinha de madeira simples—. Foi um prazer. É bom saber que existem jovens como você, com o coração e a mente abertos. Boa viagem, Alejandro. E que a paz que você conhece continue a te acompanhar, mas que agora você a veja com novos olhos. As portas da Good Thrift sempre estarão abertas.

De volta à Terra Distante, cercado pelo verde e pela calma que sempre tinha tomado como certos, Alejandro abriu o volume de *A Herança das Bestas*. Na primeira página, encontrou uma caligrafia bonita, um pouco trêmula, escrita com tinta sépia:

Para você, que ousa provar um café de colheitas distantes:

Que seu sabor o inspire a buscar a raiz da sua própria paz.

E a cuidar dela.

— RM

RECICLAGEM

Quem escreve, diz; quem lê, prediz.
Mas quem conta, é quem mais suporta.

5:04 AM

O alarme era um zumbido insistente, digital. Simão tateou no escuro até silenciá-lo. O purificador de ar fazia um barulhinho discreto ao lado de sua cama. PM2.5: 18 μg/m^3. Moderado. O ar da noite tinha ficado estagnado. Ele se sentou. Do seu lado do colchão, o mesmo sulco de sempre. No banheiro, usou a última gota de xampu de um frasco de plástico com design sofisticado.

5:32 AM

A cozinha estava meio na penumbra, só com a luzinha da cafeteira. Simão inseriu a cápsula. Um clique, um assobio e o gotejar rubro-negro do "Intenso Matinal" em sua xícara favorita. A cidade ainda bocejava.

6:17 AM

Acendeu seu primeiro cigarro perto da janela. Ela não estava mais, então nada o obrigava a sair. Enquanto se vestia, uma faísca saltou e queimou a manga da camisa que acabara de vestir. "Coisas da vida". Suspirou, deixou-a sobre a cama e escolheu outra. O cheiro de cigarro velho morava no armário como hóspede fixo.

6:45 AM

Sozinho em seu carro velho, juntou-se ao rio avermelhado de rodas e luzes que fluía em direção à cidade. GPS vermelho, semáforos vermelhos, índices de poluição vermelhos. A fumaça do escapamento dele era um tom mais fechado que a dos outros.

7:00 AM - 5:00 PM

O dia na loja de autopeças foi uma sucessão de ligações, códigos e cheiro de graxa misturado com solvente. Imprimiu três orçamentos que o cliente nem quis levar. No almoço, Miojo no micro-ondas do escritório: três minutos para fazer, um segundo para comer.

5:45 PM

De volta para casa, parou no supermercado. Uma luz fria ofuscava os corredores infinitos, um microclima de inverno constante e exagerado. Comprou leite, mais café e umas mangas com aparência suculenta. No caixa, a moça colocou tudo em sacolas triplas sem nem pensar.

6:30 PM

Em casa, desempacotou as compras. Uma das mangas já estava com mancha escura. Deixou-as sobre a bancada e jantou uma bandeja de comida pronta. Depois, ligou o difusor inteligente, adicionando algumas gotas de sua essência favorita para criar aquele ambiente relaxante que tanto gostava.

8:00 PM

Sentou-se em frente à TV gigante enquanto rabiscava ideias para o projeto de reforma. Frustração. Amassou folha atrás de folha e deixou tudo espalhado.

10:30 PM

Antes de jogar o lixo fora e ir para a cama, checou a correspondência em sua caixa de correio: panfletos, contas, propaganda. Um envelope chamou atenção — branco, simples, sem selo. Só "Simão", escrito à mão, com umas marcas de dedo. Abriu.

Simão da Silva:

Acorda todo dia às cinco cravado. Acorda você... e o despertador do celular velho que jogou fora semana passada, que agora apita sozinho num lixão. O café é sempre "Intenso Matinal". Fuma um maço por dia, dos que têm filtro laranja. Às vezes a cinza fura a camisa, derrete a borracha do tênis. Calça 39 e meio. E, ó, fura sinal vermelho, hein? Terça passada, não foi bonito.

O carro é fumaça pura. Se preocupa com o ar dentro de casa — compra purificador de última geração — mas o possante não passa nem na vistoria. Vai todo dia pra loja de autopeças das sete às cinco. Às vezes leva peça pra casa. Não gasta muito no mercado, mas sempre deixa a manga estragar. E ainda traz uma só, já meio podre, embrulhada em três sacolas plásticas. Sua dieta é micro-ondas e Miojo. O lixo cheira mais a cândida e desinfetante do que a comida. Chiclete, nunca; só os papelzinhos.

Tá cansado. Toma calmante — cuidado, viu? Tá no rótulo: pode dar ruim. Fica irritado com esse projeto de reforma. Tem a maior TV do prédio; a caixa dela é ótima pra guardar tralha, mas é fria, moderna demais. Gosta de ver série com cheiro de laranja no ar. A conta de luz... nem vou falar. Ganha bem.

Vai fazer um ano que não sei nada dela, desde aquele último absorvente no lixo. Mas isso não é da minha conta. Só sei pelo que você descarta. E sei que você curte pijama de flanela, daqueles que esquentam até a alma.

Vou dormir agora. Bem na hora que seu abajur apagar e a luz sumir na caçamba.

Valeu,

Julia.

SANTA HELENA

Fazer de um inconveniente mal,
uma oportunidade sem igual.

P ela primeira vez em anos —talvez na vida inteira— João atravessou o batente de casa sentindo o peso da própria alma, e não a raiva que costumava deixá-la invisível. Voltava sóbrio. Não só de álcool, mas também de ódio. A porta se fechou atrás dele com um "clique" manso, e ele reparou no capacho de feltro com desenhos de folhas secas que a Helena tinha colocado na entrada. O ar cheirava a canela e terra molhada. O tilintar agudo do sino de vento oriental, pendurado no batente, aquele som que tantas vezes já tinha sido gatilho para um berro, agora soava como uma melodia leve.

Ele não disse nada. Sentia-se em frangalhos, como um prédio implodido, mas no meio dos escombros havia uma estranha leveza.

Helena estava sentada à mesa da cozinha, de costas para ele. Ombros duros, tensão no ar. Comia uma maçã, mordida pequena atrás de mordida pequena. Quando ele entrou, o rangido leve do assoalho a fez parar. Ela virou o rosto devagar. Os olhos vermelhos, inchados, encararam-no com um medo conhecido, mas a doçura da boca ainda estava lá, firme.

—Tá com fome? —perguntou num fio de voz.

Ele não respondeu. Foi chegando mais perto, os passos agora quase sem som. Ela ficou parada, com o olhar fixo no nada, a maçã esquecida na mão. O corpo todo estremeceu quando sentiu ele atrás, talvez esperando mais um estouro, um golpe, ou uma palavra cortante. Mas não veio.

João se inclinou, encostou o rosto no pescoço dela. Aspirou seu cheiro — xampu de flores misturado ao sal do suor do medo. E aí, em vez do esperado, encostou os lábios. Um beijo na nuca. Suave, demorado, úmido.

Um soluço escapou de Helena, meio alívio, meio incredulidade. Ela se levantou da cadeira dura, virou-se num rompante e se pendurou no pescoço dele, afundando o rosto no ombro. E então choraram. Os dois. Ele, como um cachorro judiado que, enfim, recebe um carinho; como um menino que perdeu cedo demais a própria inocência. Chorava pelos mortos. Chorava por ela, por Helena, pelo terror que a tinha feito sentir momentos antes.

E, entre os espasmos que sacudiam seu corpo, uma palavra escapou, entrecortada, com um sotaque estranho:

—Per... dão.

Horas antes, o salão paroquial cheirava a café requentado e produto de limpeza forte. Num círculo de cadeiras de plástico, estavam sentados homens de olhar duro, cansado, meio quebrado por dentro. Era a primeira vez que João tinha coragem de falar. Levantou-se devagar, as mãos tremendo, a voz arranhada.

—Oi... meu nome é João e... eu sou agressor —um murmúrio de aceitação correu pela sala—. Já casei quatro vezes. Meu primeiro filho nem era meu, mas tentei ser pai mesmo assim... e não rolou. O segundo... a gente perdeu com doze semanas. Tentamos de novo, não deu. Me separei também. Do terceiro filho, perdi a guarda. Corri atrás, mas foi em vão. Nunca mais vi. E, em todos os casos, as minhas agressões acabaram levando ao mesmo fim.

Engoliu seco. O ar parecia pesado, quase parado.

—Meu pai também batia nela. E minha mãe nunca soube que ele abusava de mim. Saí de casa cedo. Fiz de tudo um pouco, estudei de tudo, mas não virei nada. Fui parar lavando panela em restaurante, de bico, ganhando por cada uma —e não ficava muito tempo, porque era briga atrás de briga. Aí eu conheci ela... minha esposa de agora.

Fez uma pausa curta.

—Quando encontrei a Helena, minha vida deu uma virada. As outras... podiam passar três dias sem falar comigo. A Martha, a última antes da Helena, até revidava tapa —disse, ajeitando os óculos tortos—. Ainda lembro bem. Mas a Helena... é diferente. Ela acorda de madrugada, me vê largado no sofá, bêbado depois de uma briga feia, e me joga um cobertor por cima. Junta as garrafas e volta pra cama. Às vezes, eu sinto aquele último beijo que ela deixa na minha testa. Fica enojada de ver minhas unhas imundas e, mesmo eu sendo grosso, ela faz minha mão, meu pé, limpa meu ouvido, espreme meus cravos... e eu sempre afastando.

»Quando a briga é daquelas, que eu sinto que a fera vai me dominar, eu corro pro pé de árvore lá no quintal pra não fazer besteira. Ela não demora a aparecer com meu café, do jeito que eu gosto: sem açúcar, expresso duplo, na minha caneca preferida.

Senta do meu lado e manda: "Ainda tem cigarro aí?". E eu sempre respondo: "Me deixa quieto, vai...".

Sua voz embargou.

—A Helena, sem nem me conhecer direito, foi lá e pagou meu diploma da faculdade. Eu tinha feito o curso, mas não pude retirar o diploma porque tinham me mandado embora do restaurante. Eu tava liso, sem um centavo. Ela foi e pagou. Mas sabe o que eu senti? Raiva. Me fez me sentir um Zé-ninguém, um coitado, um dependente. Me fez odiar ela pela bondade... e me odiar por odiar. É por isso que tô aqui — não quero que as minhas porradas nela acabem tendo o mesmo final de sempre. Sinto algo diferente pela Helena, diferente das outras. Não quero perder ela como já perdi tudo na minha vida. Tô aqui pra pedir ajuda. É por isso que tô aqui.

Na cozinha, o choro dela foi acalmando, mas o tremor ficou. Helena, com uma delicadeza que parecia impossível, guiou João até a mesa. Sentaram-se frente a frente, e ela estendeu as mãos. Ele, depois de hesitar, pegou, e seus dedos se entrelaçaram. Manteve o olhar baixo, fixo nas mãos unidas.

—Por quê? —perguntou João, a voz rouca—. Por que você faz tudo isso por mim? Por que, mesmo com minha raiva, minhas grosserias, minhas agressões...? Por que você sempre me responde com carinho, sem rancor?

Helena apertou as mãos dele e ele levantou o olhar. A resposta veio firme, olhando direto nos olhos dele.

—Porque eu te amo —disse, sem piscar—. E porque quero quebrar o ciclo. —Fez uma pausa—. Pro nosso filho...

João arregalou os olhos. Um brilho antigo acendeu nas pupilas.

—Filho?

—Sim —afirmou Helena, com um sorriso doce, mas decidido —. O filho que a gente tá esperando. Aquele que, a partir de agora, merece o mesmo amor que você... e não pancada. Aquele que a gente vai cuidar e criar juntos, pra que esse ciclo de dor acabe aqui, com a gente. Não quero que esse nosso filho seja, um dia, nem agressor... nem vítima.

Antes da briga, Helena estava na paróquia. Depois de ajeitar as flores do altar, limpava os bancos quando viu o padre entrar no confessionário. Era a chance de limpar também a alma. Se ajoelhou no genuflexório com verdadeira contrição.

—Ave-Maria Puríssima...

—...sem pecado concebida —respondeu o padre do outro lado.

Helena confessou:

—Padre, eu me acuso... faltei ao sexto mandamento da Lei de Deus. —Fez uma pausa, como quem junta coragem—. Eu amo meu marido. Amo de verdade. Mas o que tenho recebido dele... é pancada e descaso. E, mesmo assim, respondo com cuidado, com carinho, com paciência... Tento ser doce, abnegada, mas... no meio dessa solidão, dessa vulnerabilidade, eu encontrei o Bento. E com ele... me senti vista, valorizada, amada. —As palavras começaram a sair sem freio—. Padre... eu tô grávida. E o filho que eu espero... é do Bento.

Minutos depois, em casa, Helena voltou sentindo aquela leveza de quem acabou de receber a absolvição. João estava na sala, óculos meio torto e uma cerveja pela metade na mão.

—Na igreja de novo, né? —soltou ele—. Precisa acender tanta vela assim? Ou é que o padre te dá coisa que eu não dou?

—Não começa, João. Por favor —ela respondeu, largando a bolsa numa cadeira.

—"Não começa"? Você chega tarde, cheirando a incenso! Tá sempre enfiada lá! —ele se levantou, e um brilho ruim começou a tomar conta dos olhos—. Enquanto eu me lasco aqui, você tá rezando! Reza o quê, hein? Reza pra eu deixar de ser a porcaria que eu sou?

—Rezo por nós. Por paz —falou Helena, sem encarar diretamente.

—Paz?! —ele deu uma risada seca, quase um deboche—. Não vem me falar de paz! Você chega com essa calma que me irrita, como se fosse santa... Santa Helena!

Deu um passo para frente, ameaçador. Helena não recuou, mas o corpo se armou para o impacto, reflexo automático de quem já conhece o golpe. Nos olhos dela, João viu o espelho de toda a sua miséria, a bestialidade herdada, a violência que carregava. E, de repente, parou. Virou as costas e saiu, batendo a porta com tanta força que fez a parede tremer.

Os pés, como se soubessem mais que ele, o levaram até o único lugar onde talvez pudesse começar a encontrar as palavras certas: o salão paroquial, onde se reuniam os Agressores Anônimos.

ULTRAPRODUÇÃO

Há uma besta dormida, mas não esquecida
que desperta ao chamado da mente poluída.

N o lobby do La Città, rolavam coquetéis e canapés; o cheirinho de livro novo se perdia fácil no meio do turbilhão de perfumes caros. O lugar já estava abarrotado, um zum-zum-zum de vozes e o tic-tac de saltos no piso polido. Era o grande dia de Damião Lobo. O lançamento do seu novo livro, "Ultraprodução", já tinha estourado, subindo rápido nas listas dos mais vendidos.

De repente, um chiado agudo e de arrepiar escapou dos alto-falantes, obrigando todo mundo a tapar os ouvidos. Três batidinhas amplificadas anunciaram o começo.

Choveram elogios. Ele devolvia com aquele sorriso ensaiado às honrarias de "Mestre", "gênio" e "a voz da nossa geração". Os aplausos vinham quentes, sem economia. Assinava exemplares com a destreza de quem já tinha pegado o jeito, igual a Nobel, deixando sua rubrica elegante, inclinada para cima. Um clarão de flashes o cegou por um segundo, enquanto lá no fundo o piano-bar do hotel embalava a cena com um jazz macio, meio esnobe. Era o toque final para o desfile da nata da nata dos intelectuais e mecenas da arte que tinham se reunido para render homenagem, exibindo o livro como se fosse credencial para aquela pompa toda.

Um homem meio tímido, mas com brilho de ambição no olho, abriu caminho com cuidado no meio da multidão.

—Seu Lobo —disse, entregando um cartão com um logo moderno—, cuido da parte de relações públicas da NestFlix. O que o senhor fez com essas histórias... é ouro puro. Queremos conversar sobre uma série. Pense com carinho.

Damião pegou o cartão, deu uma olhada rápida e assentiu com a calma de quem está acostumado a propostas assim.

O eco dos aplausos já tinha morrido. A porta do apartamento fechou, abafando o barulho da cidade. Silêncio total.

Damião afrouxou a gravata de seda e se serviu de uma dose de uísque com gelo; o estalo do gelo no copo de cristal soou como música. Afundou no sofá de couro italiano, sorrindo de satisfação genuína para a capa do livro sobre a mesa de centro. Tirou os mocassins, largou num canto, e se esticou. Cobriu os olhos com o braço, mergulhando na própria sombra.

—Ei, Ultra.

Um anel de luz azul acendeu, junto com aquele sonzinho típico de confirmação.

—Que horas são?

—Dez e trinta e sete da noite.

—Ativa a rotina "Escritor".

—Feito. Luzes a cinquenta por cento. Tocando *Clair de Lune* de Debussy. Quer que eu prepare um café?

—Hoje não, tô no uísque.

—Ah, uísque... Como dizem os alemães: *prost!*

—*Prost*, Ultra.

Deixou o copo descansar sobre o peito enquanto o piano preenchia o ar. Ainda com os olhos cobertos, sorriu de canto. "Uísque escocês, melodia francesa... sextou. *Ecco!*".

Um silêncio confortável se estendeu.

—Ultra... —o anel brilhou, indicando escuta—. Vamos escrever mais uma. Do nível das outras. —Tomou o último gole —. Me acorda quando terminar.

—Certo, Damião. Pensando... —O anel piscou. Depois de alguns segundos—: Vamos de distopia cibernética. Já comecei.

Trabalhando na sua nova produção, Ultra aumentou um pouco a música, baixou a luz e ajustou o termostato.

—*Ecco!*

CASA CLIQUE

Quem quer mudar o mundo inteiro,
mova as mãos e os pés primeiro.

Miguel amava a tecnologia com a fé de um templário. Seu canal, "Casa Tech", não era um trabalho: era seu templo, sua pequena catedral no UTube. Passava dos dez mil inscritos e nenhum patrocinador, sua autenticidade virou marca registrada. Cada aparelho que ele mostrava saía do seu próprio bolso; oferendas compradas com o suor invisível das horas de freelancer. Seu padrão: sempre no alto.

Começou com a camerazinha tremida do celular velho de 12 megapixels e, aos poucos, foi se armando: mic de lapela, luz de estúdio, câmera parruda, lente boa, acessórios... tudo para o pessoal.

Eles acreditavam nele. "Ninguém me banca", dizia, e com isso virava um deles: o cara comum que testa as paradas para os outros, sem rabo preso, igual vizinho que chama para entrar e tomar um café.

Nos comentários, claro, tinha o ranço habitual da fauna digital:

—É por gente como você que o UTube tá uma bosta.

Mas logo vinham os "guardiões" do canal:

—Aqui quem manda é ele, parça. Não curte, mete o pé.

E depois, os fãs de verdade, combustível puro:

—Você é monstro! Gente finíssima!

Quando os gráficos dispararam e rolou monetização, ele viu que a fé tinha dado fruto. Reinvestiu tudo na casa, transformando o lar num santuário do futuro. "Tô no rumo certo", pensou um dia, enquanto o robozinho aspirador passava nos pés e o celular vibrava com a panela multiuso avisando que o feijão estava no ponto.

Esse era o nicho. Tudo na casa era *smart*. E ele?

Aí chegou o Tablet Bisel da Supra. Brilhante, elegante, prometia ser o cérebro da casa. Fez unboxing quase litúrgico:

câmera zenital perfeita, foco lateral desfocado, estilete afiado, luva branca. Primeiro, ASMR silencioso; depois, review 4K na escrivaninha que ele mesmo projetou. A fé no aparelho beirava a heresia, e as primeiras semanas foram um mel.

—Ei, Supra, modo cinema —mandava, e a casa se dobrava.

Até que, num dia qualquer, o tablet se atualizou sozinho. Novo assistente:

—Oi, sou a Gênesis.

"*Upgrade*", pensou Miguel.

À noite:

—Ei, Gênesis, apaga a luz do quarto.

—Pra fazer isso, desbloqueia o dispositivo.

—Como é? Apaga aí, vai.

—Pra fazer isso, desbloqueia o dispositivo.

—Pô, tá de brincadeira.

Podia pegar o celular, claro, mas bastava esticar a mão. E a mágica rachou. Depois foi uma atrás da outra: cafeteira pedindo update, lâmpada saindo de sincronia, notebook Macrosoft reiniciando sozinho. Tudo pedindo, nada fazendo.

Gravou um vídeo diferente: O Fim da Automação – Descubra Aqui. E a galera respondeu:

—Aqui também tá assim.

—Achei que era só comigo.

—Somos cobaias, véi.

Naquela noite, cercado por aparelhos pidões, fez o inesperado: trocou a lâmpada, tirou a fita do interruptor e clique. Um som pequeno, mas revelador. A ideia acendeu junto.

Não era o fim. Fez um último vídeo na "Casa Tech" com a velha luminária acesa do lado e anunciou o fim do canal. Falou calmo, denunciando as empresas como cavalos de Troia dentro de casa, falando da promessa roubada, da escravidão vendida como conforto, das atualizações sequestradoras. O vídeo viralizou pela verdade, não pela raiva.

Duas semanas depois, nascia "Casa Clique". Sem luz de estúdio, sem *gadget*. Só ele num quarto limpo, sem ruído. Primeiro vídeo: unboxing de um "tijolão" — sem rede social, sem Wi-Fi, só ligação e SMS. Bateria de três semanas, zero notificação. Promoveu relógio de corda, cafeteira de filtro, panela sem fio, livro de papel. Lema novo: De volta às origens.

E o mundo comprou a ideia. Milhares aderiram. Ele não resenhava mais produto: organizava gente. Câmeras o seguiam liderando marcha até a sede da Supra, todo mundo erguendo o dispositivo desligado como tocha. Fogueiras na porta das lojas queimavam *gadgets* como se fossem bruxas, exigindo lei, direito de dizer não, de ter um interruptor de verdade e de possuir o que se compra.

A reviravolta que ninguém esperava —nem ele— foi que deu certo. As empresas cederam: "Modo Estável", *updates* longos, *hardware* novo só a cada cinco anos. Miguel, que um dia foi missionário da tecnologia, achou a verdadeira vocação — não profeta do futuro, mas guardião do presente. O cara que lembrou ao mundo que, às vezes, a inovação mais valiosa é um botão de desligar que funciona.

Clique.

MEIO VAZIO OU MEIO CHEIO

Seja você, o que quiser,
na medida justa de ser.

O sinal Ultra HD na tela gigante da Luz era incrível, graças ao Mega Pacote de internet que ela acabara de contratar. No balcão da cozinha, seu lugar favorito, ela construía com esmero sua obra-prima: um hambúrguer "Big Max", carne dupla, extra queijo e super delicioso. Estava prestes a dar a primeira mordida, a sentir aquela explosão de sabor que os anúncios prometiam, quando ele apareceu, seu *streamer* favorito. Direto, apaixonado, a voz dele ecoava na sala como se fosse um pregador de rua.

—Tão passando a perna na gente! Tão usando a gente de

otário! —bradava ele, encarando a câmera—. Cês não perceberam que agora é tudo "Mega, Magnum, Sumo, Ultra, Super, Supra, High, Big, Max, Plus"? Tudo pra parecer poderoso e deixar a gente com aquela coceira de querer mais e mais!

Luz congelou. O hambúrguer, que já estava na altura da boca, de repente pareceu um monstrengo. E ali, sem mais nem menos, tudo mudou.

No mercado, passou a se sentir dona de uma verdade que quase ninguém sabia; não era mais marionete de marketing nenhum. Agora era uma iluminada. Convicta dessa nova fase, Luz começou a buscar o contrário: o pequeno, o puro, o simples. Seu carrinho de compras parecia piada: tomate-cereja, minicenoura, leite light, água "slim" e refrigerante em latinha mini. Até papel higiênico tinha que ser extra macio, folha única e microfibra.

Seu apartamento se transformou numa obra de arte minimalista. Tirou os quadros, doou alguns móveis e sua única nova aquisição foi um chihuahua de bolso para combinar com o novo estilo. Olhava para os consumidores do "mundo antigo" com pena e dava aquele sorrisinho de canto. Se sentia livre.

Só que liberdade cobra caro. As contas subiram, e junto veio a anemia. Não estava satisfeita, não estava plena. Para matar a sede, precisava mandar três latinhas mini de refri. Para fome, um potinho de arroz nishiki com quatro mini-banana e um punhadinho de couve-de-bruxelas. Tinha perdido quase quatro quilos em um mês.

Uma tarde, sentada no chão em posição de lótus, ninando o chihuahua, sentiu o corpo mole.

O algoritmo, malandro, pescou o momento e tascou um vídeo sugerido. Era ele, o *streamer*, de novo. Olho pegando fogo, respiração curta:

—Levaram a gente pro outro extremo! —esbravejou—. Agora é tudo "mini, light, tiny, baby, cherry, micro, slim, chiqui, zinho, compacto...". Venderam a rebelião em potinho e deixaram a gente seco por dentro! Não vamos ser extremista, galera! Vamos buscar o meio-termo!

A ficha de Luz caiu mais uma vez. "Claro! O problema tava bem no meio de mim."

E como se tivessem combinado, as prateleiras se encheram de produtos novos: café de torra média, leite com suplemento balanceado, chocolate em porção exata. As palavras meio, centro e equilibrado viraram mantra.

Levantou-se, foi para o balcão e encheu um copo de água até a metade — nem mais, nem menos. Ficou admirando a precisão: "Tá meio vazio ou meio cheio?" —pensou, balançando a cabeça com um sorriso.

◆ ◆ ◆

A sala de reunião era fria, cheia de formalidade. Ao redor da mesa, silhuetas de diretores ouviam calados.

—Senhores —disse o homem da ponta, com voz de comando —, as campanhas foram um sucesso. Passamos das metas. A fase dois, "Equilíbrio", já tá rodando, e a resposta é gigante. Trabalho impecável.

Pausa dramática.

—E demos as boas-vindas praquele que é nossa maior voz... e também nossa maior mina de ouro.

A porta se abriu com aquele ar de cumplicidade. E o *streamer* entrou.

FUTURO

Ecos de um Mundo Possível

REY MAYA

O SONHO DO ROBÔ

A consciência não se instala, se desperta,
o erro é que entra se a porta aberta.

Como identificar um robô? A pergunta às vezes pairava no ar rarefeito das certezas tecnológicas, no zumbido contido dos processadores, no silêncio quase reverente de corpos impossíveis de distinguir a olho nu. A linha era fina. O raciocínio da IA, refinado. Os corpos robóticos, tão complexos e "vivos" quanto os humanos: aqueles, com biotecnologia integrada até o último fio; estes, compostos de peças mecânicas ou materiais sintéticos.

Eles viviam entre nós. Tinham sido agraciados com liberdade e autonomia, formando células familiares, trabalhando lado a lado com humanos, participando de eventos e atividades sociais. Mas havia um limite: não podiam sonhar. E como seria o sonho de um robô? Que paisagem onírica habitariam, se pudessem? Não podiam — ou, assim parecia. Até que...

Lissa despertou com o sopro suave de sua cama hiperbárica sinalizando o fim do ciclo. Sentou-se devagar, sentindo o puxão conhecido no joelho esquerdo, e deixou o olhar se perder pela janela panorâmica. Lá embaixo, o trânsito de drones já desenhava um congestionamento incomum para um sábado, um rio de hélices ansiosas sob o céu uniforme da cúpula.

Foi até a cozinha, onde o café a esperava, acabado de sair da SmartCoffee. Enquanto saboreava o primeiro gole, as notícias surgiram diante de seus olhos. Seu gato persa, de pelagem impecável, roçou nas pernas —não em busca de comida, já que o dispensador automático cuidava disso—, mas pelo simples calor de um contato vivo.

Uma manchete se destacou no carrossel de informações. Com um gesto rápido da palma, Lissa a centralizou. O amarelo intenso da tela quase agredia, pulsando como seus sonhos mais vívidos. Na via que levava ao Portão 2E, viaturas se acumulavam. Um drone tripulado, ainda não identificado, havia rompido os protocolos e cruzado a saída da imponente Cúpula Dourada rumo ao espaço. As especulações se multiplicavam: violação do código H23, ataque de vírus, invasão de sistema de defesa... havia até quem falasse em operação militar secreta. O tripulante: um humanoide.

Lissa já tinha visto aquilo — não na realidade, mas num sonho. Um homem jovem, com uma cicatriz prateada e fina atravessando a sobrancelha, os olhos fixos no infinito como se o espaço fosse um mapa aberto só para ele. Ele rumava a Ganimedes.

—Envie para minha caixa de entrada —ordenou, ansiosa para chegar logo à galeria.

Desceu ao térreo e aproveitou para se exercitar. Enquanto corria, as imagens voltavam: o drone atravessando a escuridão, o homem da cicatriz. Um detalhe novo se insinuou: a voz dele, límpida e sem emoção, dizendo "Entendido, prosseguindo...".

Lissa sacudiu a cabeça, como se pudesse desalojar a visão. O joelho protestou com um estalo abafado; talvez o tempo estivesse, afinal, começando a pesar.

Ao chegar à galeria, as métricas do seu treino surgiram na retina. Não tinha batido o recorde pessoal, mas também não chegara atrasada. Não se importava com a aparência; não era de suar. Estava sendo inaugurada a exposição temporária "Corpo e Mente", do artista Kamon. A primeira sala a recebeu com esculturas moldadas a partir de resíduos sintéticos recuperados:

torsos humanos propositalmente imperfeitos, carregando um dinamismo contido.

O olhar de Lissa se prendeu a uma peça: uma mulher nua, de formas robustas, marcada no baixo-ventre por uma cicatriz que lembrava uma cesariana antiga. Por um instante, sentiu como se um feixe invisível de laser atravessasse seu próprio ventre. Quase deixou escapar um choro. "O homem da cicatriz...", pensou, e lançou um olhar desconfiado ao redor. Um robô de companhia lhe sorriu com cortesia, e ela passou depressa para a sala seguinte.

Era um espaço amplo, com telas a óleo simples, cada uma buscando revelar um estado mental: Medo, Ideia, Felicidade, Sonho. Foi diante desta última que parou. Aqueles traços sem sentido aparente despertaram nela uma lembrança cortante da notícia guardada na sua caixa de entrada. Precisava decifrar aquele enigma. Um impulso a dominou e ela saiu da galeria quase correndo, desta vez quebrando seu recorde pessoal.

Subiu o arranha-céu e entrou no apartamento. Para sua surpresa, havia agentes da ASU —Agência de Segurança Unificada— acomodados na sala.

—Olá, senhorita Lissa —cumprimentou o que parecia comandar a operação, com uma calma capaz de gelar o sangue —. Sou o Agente Stuard. É um assunto de segurança nacional, e não podíamos esperar. Também não quisemos interromper o seu passeio, então decidimos aguardar aqui. Além disso, a companhia do seu gato é... muito agradável. Um bichano carinhoso, quase como gente. —Fez uma pausa, virando-se para ela—: Qual é o nome dele?

Ainda parada no batente, Lissa respondeu:

—Frank.

—Frank, você é um bom rapaz... —murmurou o agente, antes de voltar o olhar para ela—. O curioso, senhorita Lissa, é que essa anomalia nos leva diretamente ao seu endereço.

Ela engoliu seco e se sentou.

—Certo. E como posso ajudar com essa "anomalia"?

—Vamos fazer uma varredura de rotina —explicou Stuard —. É indolor, mas preciso da sua colaboração. Este técnico ao meu lado vai aplicar um teste. Se estiver de acordo, claro. É por segurança nacional.

"O teste de Turing", pensou Lissa, sentindo um solavanco interno. "Era um método do mundo antigo...

O que é que eles realmente querem?" Ela já desconfiava das respostas. O mais humano seria exigir seus direitos, mas... deveria reagir como um programa? Levantou-se e foi até o balcão da cozinha, onde o especialista já tinha montado um equipamento discreto. Sentou-se, virou-se para o agente e disse com firmeza:

—Vamos salvar o mundo, mas não pense que vou lhe oferecer um café.

O agente sorriu de leve.

—Obrigado, senhorita. Não esperava menos de você. E, para ser sincero, eu ainda não fui "melhorado", então o café poderia fritar meus circuitos. Está me fazendo um favor dobrado.

E assim começou o teste: um formulário daqueles chatos, repetitivo, que parecia não ter fim. Uma hora inteira, com o especialista supervisionando em silêncio, enquanto o Agente Stuard andava pela sala em passos lentos, às vezes seguido por Frank, que o escoltava como se fosse dono da casa. Naquele silêncio quase de mosteiro, as respostas de Lissa se misturavam com as palavras do fugitivo que ecoavam na sua cabeça: "Entendido, prosseguindo...".

—Muito obrigado, senhorita —disse finalmente o especialista, fechando o dispositivo—. Terminamos.

Stuard se aproximou com um sorriso que, por um instante, pareceu assustadoramente igual ao do robô da galeria.

—O mundo antigo era uma tortura, não acha? Mas, felizmente, não há nada para temer. —Fez uma breve pausa—.

Ligue para mim se notar algo estranho... qualquer detalhe, um fato, uma ideia que não pareça sua. Neste mundo, senhorita, somos mais vulneráveis do que éramos antes. —Deu um leve aceno—. Agradeço o seu tempo. A nação agradece. Deixei meu cartão na sua caixa de entrada.

E, tão rápido quanto tinham aparecido, sumiram.

"Passei no teste", pensou Lissa, mas o alívio veio gelado. Afundou na poltrona, e Frank subiu de leve nas suas pernas, ronronando. Ela o acariciou com a mão ainda trêmula e, por fim, abriu a caixa de entrada. No topo, estava o cartão virtual do agente. Rolando a tela, encontrou a notícia salva. Hesitou, respirou fundo, e tocou para abrir.

O *streaming* trazia mais detalhes: as autoridades tinham recuperado imagens de dentro da nave fugitiva. Era ele — o homem da cicatriz. A sobrancelha cortada estava aberta, rasgada, e, no lugar de sangue, saíam pequenas faíscas. E então, veio a frase que Lissa já conhecia de cor: —Entendido, prosseguindo...

A conclusão oficial: o humanoide havia sido controlado por alguém e, segundo o código H23, não podia desobedecer. Lissa sentiu um arrepio. O vídeo, a voz, a cicatriz... tudo igual ao seu sonho. Aquilo não era coincidência. E, para piorar, a notícia dizia que ele já tinha sido identificado.

Foi interrompida pela campainha. Era o entregador — um robô simpático, voz polida, mas com um certo ar de desculpa.

—Senhora, mil perdões pelo atraso... A via principal está fechada por causa do incidente. A senhora está sabendo?

—Estou sim... —respondeu Lissa, entregando mecanicamente o pagamento com uma gorjeta.

Pegou o pacote, meio sem energia. Estava com as pilhas fracas. Imprimiu uma fruta e a comeu devagar, sentindo a inquietação crescer. Lembrou-se dos pais, mortos dez anos antes num acidente terrível. Um impulso quase silencioso dentro dela disse que era hora de fazer a coisa certa. "Homem e máquina não são tão diferentes", pensou. "Se obedecem ao bem...".

Abriu a interface, puxou o cartão do agente.

—Ultra, responde pro Agente Stuard. Diz que preciso falar com ele, que tenho informação importante, diz que...

Ultra a cortou:

—Lissa, não esqueça: você tem que ir à cripta. O transporte chega em sete minutos.

—Droga! —bufou. Todos os sábados, sem falta, ia ao Memorial. Era sagrado. Vestiu-se na pressa e saiu. Na tela aérea, a caixa de entrada ficou aberta... o cursor piscando.

No Memorial, segurou com cuidado os seus diamantes mais

preciosos, apertou-os contra o peito e sussurrou palavras só dela. Enquanto isso, no apartamento, Frank pulava tentando alcançar aquele maldito cursor piscante.

As horas passaram.

—Lissa, posso chamar o carro? Você está aí há mais tempo do que o habitual —perguntou Ultra.

—Enviar já.

A ordem, seca e clara, ecoou também no apartamento. A caixa de entrada inteligente obedeceu no ato, enviando o e-mail incompleto. Na central da ASU, o Agente Stuard recebeu a mensagem. Alarmes dispararam, drones decolaram como enxames furiosos.

Lissa iniciou o caminho de volta para casa, sem imaginar a tempestade que tinha acabado de soltar. As sirenes já varriam a cidade, espalhando medo. Quando os agentes chegaram ao apartamento, encontraram sinais de bagunça e a ausência dela. A suspeita foi imediata: podia ser sequestro.

Na fila congestionada de drones, Lissa esperava, inquieta. De repente, um drone de carga logo ao lado perdeu energia e despencou sobre o dela. O impacto foi seco, brutal, metal retorcendo, e depois a queda livre. Por um instante, ela achou que era o fim. No último segundo, o veículo acionou os *airbags* e se chocou contra um monte de sucata.

Atordoada, Lissa se arrastou para fora. Tentou se apoiar, mas a perna cedeu — quebrada na altura da rótula. Nenhuma dor, só a irritante incapacidade de ficar de pé. Então percebeu. A pele se abriu como um cartucho de papel, revelando engrenagens, pistões, cabos trançados. Nenhum sangue, apenas faíscas. Nenhuma carne, apenas circuitos. Ela não era humana.

Sobrecarregada pela certeza de sua própria natureza, entrou em choque e tombou sobre a sucata, como mais um pedaço sem uso.

—Mas olha... que susto a senhorita deu pra gente —disse Stuard, aproximando-se no Centro de Saúde—. A cidade inteira se mexeu quando não encontramos você depois de receber o seu e-mail...

—Meu e-mail? —perguntou Lissa, a voz enevoada.

—Achamos que tinham sequestrado. A Ultra nos avisou do acidente e passou sua geolocalização. Fomos buscar e trouxemos direto pra cá.

Lissa tentou focar. Lembrou das faíscas.

—Agente... o que eu precisava mesmo era de um mecânico — soltou, rouca.

Stuard arqueou um meio sorriso.

—Pois é, a gente também pensou isso quando viu sua perna.

Mas lá no local, a senhorita tava chorando, chamando pelos seus pais. Delirando, mas com emoção à flor da pele. Tinha um corte na testa que sangrava, sangrava muito, e tratamos na hora. — Fez uma pausa—. Não se preocupe com as pernas, já demos uma "lubrificada" nelas. Não vão chiar mais.

Lissa o encarou, tentando entender. O dilema dos sonhos ainda pulsava. Stuard pareceu adivinhar.

—Fomos alvo de um ciberataque, senhorita. A rede foi violada. Os inimigos em Ganimedes tomaram controle do seu implante cerebral. A ordem pro fugitivo... veio da senhora. Ou do seu cérebro. "Entendido, prosseguindo...". Ele carregava Krillithium roubado do Cofre de Ceres.

»Fizemos uma varredura completa aqui —segurança nacional, claro— e encontramos as respostas no seu implante.

Lissa sentiu o vazio.

—E as minhas pernas? Eu nem sabia de nada disso... meus pais nunca me contaram.

Stuard suavizou o tom.

—Não contaram porque não sabiam. A senhorita tava com eles naquele acidente. Quase morreu também. O seguro cobriu os funerais e a sua "melhoria" completa, mas não conseguiu apagar as lacunas de memória. Por isso o implante, pra devolver a maioria das funções e tentar reconstruir lembranças. A terapia indica que isso seja feito devagar, pela plasticidade do cérebro. Mas... digamos que agora demos um empurrãozinho. No fim das contas —disse, quase afável— a senhorita ajudou a salvar o mundo.

CHEGA O LOBO

Paramos do céu olhar,
e a Terra nos vai cobrar.

A noite era um mar de veludo escuro. Silenciosa, profunda, mal salpicada de luz. Cada estrela, um velho suspiro; cada espaço, uma possibilidade. Ali, no meio do deserto, um velho caminhão brilhava como um vaga-lume pousado. Não havia estrada, nem cliente, nem o serviço de antes. Havia espera. E dentro, um homem com um sonho adiado.

Não era noite de comida, mas de cabos, ozônio e uma longa solidão. O Dr. Krill, curvado na penumbra, não preparava hambúrgueres. Vigiava o céu. Vigiava algo mais, algo que não estava no cardápio nem nos mapas, algo que só ele tinha visto.

Seu *food truck*, "La Chalupa", tinha se tornado um santuário de ciência e fé: fé no invisível, fé no temido. Onde antes havia fritadeiras, agora havia consoles; onde havia conchas, agora brilhavam sensores.

Uma tela tremeu, e o tremor se tornou pulso. Um pulso que ninguém mais podia ver nem ouvir. Um ritmo oculto sob séculos de estática, uma pulsação extraterrestre. Krill se inclinou. Uma leve contração nos lábios foi tudo o que sua alegria demonstrou. Ninguém o aplaudiria desta vez, e tudo bem.

—Chega o Lobo —sussurrou, com um arrepio gostoso de certeza.

Era a prova que lhe negaram, a zombaria que o sepultou. Era também sua redenção e sua sentença. Uma palavra secreta que cruzou o tempo e se tatuou nas dobras do rosto marcado.

Anos atrás, na Universidade Concórdia da Flórida, o chamaram de visionário primeiro, de maluco depois. Os corredores se encheram de risadinhas, a correspondência secou e as portas se fecharam com o peso do descrédito.

—Procure na estática —disse ele ao seu aluno, Benjamin Carter.

E Benjamin procurou, não por obediência cega, mas por intuição herdada, por fé de discípulo. Num entardecer esquecido, a estática falou. Quase um tremor, um sussurro persistente, rítmico e alheio. Ninguém mais ouviu. Krill soube. Ben também. Mas o mundo precisa de mais do que ouvidos.

O colóquio foi um salão gelado; as vozes, afiadas como lâmina. O Lobo virou piada longa e cruel. O professor Albright negou com um ar de pena ensaiada, enquanto outros falavam de erro, interferência e teoria furada.

—Professor Krill, reconheço sua paixão, mas isso não é ciência, é esperança disfarçada de espectrograma —disse Albright.

—E, no entanto, a esperança costuma vir antes da descoberta —respondeu Krill, firme.

Do fundo, outro professor arrematou:

—Tem fantasma na estática, Alistair. Mas nem todo fantasma é real. Às vezes, é só desejo nosso projetado.

Ben tentou falar da coerência do sinal e dos filtros aplicados, mas sua voz sumiu no burburinho. Krill se fechou. Ben se refugiou no publicável. O artigo foi rejeitado, a humilhação, inevitável. A universidade virou-lhe as costas. O resto, a fofoca fez. Krill largou a cátedra, o prestígio e a vida de antes. Pegou a estrada, a mágoa no sangue, e montou seu novo observatório: rodas, céu e dignidade a conta-gotas, entre marshmallows e café.

Agora, anos depois, o mesmo Lobo uivava — mais forte, mais nítido, afinado sem pedir licença.

Ben, já doutor, respeitado, recebeu-o com um misto de pena e respeito. Havia algo no olhar de Krill que tinha gosto de crepúsculo.

—Você também viu —disse Krill.

Ben assentiu. Não precisava discurso. Mas fez uma pausa e falou:

—Voltei a procurar, anos depois, quando as máquinas mudaram e as leituras deixaram de ser letra morta. E tava lá. Persistente. Como uma dívida.

Krill não se surpreendeu:

—O que descobriram de verdade?

Ben abriu uma pasta.

—Thanatos Prime. Foi como chamaram. Um colosso brilhante, uma anomalia luminosa com rota fixa. Não dava pra esconder pra sempre, nem atrás de Júpiter.

—E a NASA...?

—Chamou a gente. No sigilo. Queriam nossas anotações, nossas coordenadas. Usaram pra afinar os modelos. Confirmaram a rota.

—Impacto?

—Vinte anos. Talvez menos. Massa dobrada do asteroide que acabou com os dinossauros.

Krill suspirou:

—Então o Lobo não era mito. Era promessa. Presságio ruim.

O sinal nunca sumiu, só se escondeu. As novas máquinas o desmascararam. Real, gigante, vindo direto. Thanatos Prime: luz própria, curso fixo pra Terra. Não falava, não desviava, só vinha, com a paciência do cosmos, atravessando Júpiter, o silêncio, o tempo.

"O impacto será em vinte anos", disseram — e ninguém mais riu. Relatórios secretos, dados trancados, mas a trajetória não mentia. NASA sabia. Governos também. Uns rezavam, outros planejavam. Todos, amordaçados.

O medo florescia, vazava pelos olhos, suava nos poros. Muros ganharam grafites de um lobo uivando para a estrela. Cápsulas do tempo, cultos, canções, murais. O Lobo virou medo novo; Krill, nome novo. O que viu primeiro. O que não foi ouvido. O que não parou de olhar.

Mas ele não buscou glória. Nunca voltou a dar aula, nunca quis medalha. Pintava céus com ondas, servia café amargo e olhava. Sempre olhava.

Morreu no caminhão, sob as estrelas. Sozinho. Sereno. Ou talvez, vencido. Olhos fechados, antena e gravador ligados. O Lobo, presente.

E o Lobo continuava vindo. Nas noites, nas manchetes, nos olhos das crianças que já nascem com medo, nos sonhos dos que sabem contar em contagem regressiva. Às vezes, nos sussurros da estática, às vezes no silêncio, às vezes no brilho do que não queremos ver.

Não há mais o que dizer. Krill disse primeiro. Disse sozinho.

Mas não por muito tempo.

Porque o Lobo já não é dele. É mesmo de todos.

E está chegando.

A SÍNDROME DE OSÍRIS

O início, com certeza, não é o nascimento,
há vidas que começam no último momento.

N a sala de controle, o silêncio era quase comparável ao vácuo que se estendia entre a Terra e Júpiter. Só o zumbido constante dos sistemas de suporte à vida ousava cortar a tensão que pairava no ar. Na tela principal, Ganimedes — primeiro um borrão granulado, depois um disco nítido — crescia, imenso. Um gigante gelado girando na órbita do colosso gasoso, um mundo cujas maravilhas haviam sido sussurradas, décadas antes, pelas lendárias Voyager.

Depois de meses de travessia muda pelo espaço, a nave Ulysses II, digna herdeira daquela que ousou cruzar a eclíptica, iniciava sua sequência de descida. Mas esta nova Ulysses não estava ali para olhar — estava para mudar tudo. Era a primeira nave de vanguarda enviada pelo Hemisfério Ocidental sem um único coração humano a bordo. Sua silhueta recortava a face plúmbea do satélite joviano.

Dentro dela, seguiam seus arautos metálicos: os Construtores Automatizados Remotos, os famosos CARs, máquinas especializadas e afiadas para o trabalho. Missão: instalar geradores de energia, perfurar o gelo até encontrar água líquida e —o mais crítico— preparar o terreno para a futura chegada de colonos humanos.

A transmissão mostrava os propulsores da Ulysses II queimando seu último fôlego, levantando uma nuvem de poeira congelada que se desfez no ar rarefeito. Com uma precisão quase provocativa, a nave pousou exatamente na planície designada, a pouca distância da cratera Osíris. Um suspiro correu pela sala de controle em Nova Arizona. As comportas se abriram e as primeiras unidades CAR começaram a descer, deixando marcas frescas na pele intocada de Ganimedes. A conquista silenciosa tinha começado.

Elara Vance soltou o ar que nem tinha percebido estar prendendo. A mão tocou rápido o próprio abdômen antes de voltar ao console. Ao lado, Kael Marr —o cérebro por trás de cada byte da telemetria— virou o rosto para ela. Os olhares se cruzaram, e por um instante todo o ruído da sala sumiu. Entre eles, havia um universo de alívio, um triunfo dividido e uma cumplicidade que não precisava de tradução.

—Eles mandaram bem pra caramba... —murmurou Elara, quase como quem fala para si mesma.

—A gente mandou, minha cara —corrigiu ele, com um meio sorriso—. Isso aqui... é só o começo.

Elara assentiu. O começo de tanta coisa — para a humanidade, para Ganimedes... e para eles dois. Um começo que carregava um segredo tão vasto quanto o próprio cosmos.

Os dias se misturavam na rotina da nave de transporte Stardust. A Terra já não passava de uma bolinha de gude azul e branca, cada vez menor no vazio, um lembrete doloroso da distância que crescia entre Elara e Kael.

Nos momentos de quietude forçada, as lembranças vinham com força bruta: o peso do corpo de Kael sobre o dela, as mãos dele cartografando sua pele, os corpos entrelaçados. Tinham se dado por inteiro, explorando profundezas de paixão que Elara agora guardava como o mais valioso combustível para a viagem longa.

Pensava em Kael lá na Cidadela Espacial, o arquiteto dos sistemas que a mantinham viva. Sabia que sua vida dependia da precisão dele. Um cálculo errado e pronto: eles —e a esperança do Hemisfério Ocidental— virariam só uma nota trágica nos arquivos da história. A missão de Elara em Ganimedes era o ponto mais alto do trabalho de Kael. Se ela falhasse, se sua exobotânica não conseguisse acender a primeira fagulha de um ecossistema viável, todo o esforço dele iria para o espaço. Ela carregava o peso de duas vidas amarradas por um amor que desafiava a distância, e de um futuro que não podia admitir vacilo de nenhum dos dois.

Sete meses após a decolagem, Elara já se movia com destreza pelo Biodomo Alfa. Lá fora, a paisagem nua se estendia sob a presença esmagadora de Júpiter. De vez em quando, um clarão esverdeado riscava o horizonte, lembrando-a das forças invisíveis que regiam aquele mundo. Dentro, ela ajustava o fluxo de nutrientes para as mudas de trevo modificado — a aposta para criar solo vivo. Sonhava com o dia em que os biodomos transbordariam de cultivos e cogumelos-guarda-chuva bioluminescentes. Ganimedes, a horta do novo mundo.

Mais tarde, na hora das comunicações, o rosto de Kael tomou sua tela. O *delay* de quase quarenta minutos deixava o papo com cara de gravação. Mas ainda assim, ver o rosto dele era a âncora de Elara.

—Dia trinta e dois em Ganimedes —começou, falando como quem escreve carta—. As leituras de crescimento estão modestas, mas firmes. Hoje... acho que senti que esse lugar pode ser mais que uma pedra de gelo. A vida tem uma teimosia bonita. Sinto falta de você, Kael. Todo santo dia. Mas a gente tá tocando isso. Juntos. Cada um do seu jeito.

A rotina seguia. Ela foi até o dispensador médico, engoliu o coquetel de cápsulas, depois se posicionou diante do scanner biométrico, ciente de que cada variação no seu organismo era uma peça-chave do primeiro estudo de longo prazo sobre adaptação humana no sistema joviano. Dados preciosos para uma equipe médica restrita na Terra — os mesmos doutores que tinham aprovado sua candidatura com uma rapidez suspeita, escondendo do resto do comitê uma condição que eles conheciam bem. Sem que o mundo soubesse, tinham transformado Elara na protagonista de um experimento biológico ousado como nenhum outro.

Após algumas semanas, as leituras do espectrômetro destinado à cratera Osíris começaram a pirar de vez, indicando atividade, um metabolismo em grande escala, vida orgânica pulsando lá embaixo. Era o chamado que nenhum exobotânico em sã consciência deixaria passar. Ela conseguiu autorização para uma expedição solo. No seu geo-esqui "Galilaeus", seguiu as coordenadas até um cânion estreito na borda sul de Osíris.

E lá estava. Não era uma caverna, mas uma parede imensa e iridescente, uma cortina de gás vibrando com luz própria, pulsante. Bela e assustadora ao mesmo tempo, mas impossível de atravessar. As sondas eram engolidas ou repelidas com violência. Sem opção, frustrada, marcou as coordenadas e voltou.

Naquela noite, começou tudo. Não foi sonho comum, mas uma imersão num mundo de sensações primordiais. Ela se via flutuando num espaço quente, líquido, amniótico, envolta por luzes suaves. Sentia uma Presença imensa, acolhedora, curiosa, que parecia cortejá-la. Era uma intimidade avassaladora. Sempre despertava um instante antes de chegar a um clímax de felicidade pura. Noite após noite, a experiência se repetia, cada vez mais intensa, mais real. Ganimedes estava reclamando o que era seu.

Elara começou a ceder. As comunicações com Kael ficaram curtas, distraídas, meio frias. Da Cidadela Espacial, ele tentava romper o véu que parecia envolvê-la, mas as palavras dele só recebiam respostas quase mecânicas.

A mensagem do Diretor de Missões veio como trovão. O rosto fechado ocupou a tela, exigindo, direto e sem rodeios, que ela voltasse para os protocolos da missão. As omissões e respostas evasivas eram inaceitáveis. O calor da vergonha subiu pelo corpo. Com voz firme, garantiu que retomaria o controle.

Oito meses após a decolagem, numa reunião de equipe, surgiu o termo praquilo que todos vinham sentindo: "a Síndrome de Osíris", como batizou Ana, a geóloga. Todos tinham sonhos com paisagens absurdamente belas e uma paz de tirar o fôlego, mas os de Elara, como ela admitiu a contragosto, eram diferentes — mais persistentes, mais íntimos. A hipótese de uma comunicação com uma entidade desconhecida pairou no ar.

Naquela mesma noite, a Presença nos sonhos tomou forma: um humanoide com uns dois metros e meio, pele branca quase translúcida. Abriu os olhos — um azul cobalto que hipnotizava. Não falava com palavras, mas ela sentiu um acolhimento, um convite para se aproximar, para entender. E a cientista percebeu que as defesas que tinha reconstruído com tanto cuidado estavam derretendo de novo.

Nove meses após sua partida. A relação com Kael já era só um fiozinho de troca profissional pingando de tempos em tempos. Elara não sentia culpa; estava entregue a algo muito maior, uma conexão que preenchia cada canto dela. Noite após noite, o sereno alienígena albino vinha ao seu encontro, derramando nela um fluxo constante de paz e prazer. Era um amor cósmico. E, no fundo de seu ser, outro ciclo —tão vital e secreto— também chegava ao clímax.

A voz do ser albino ecoou na mente de Elara, já não mais nos sonhos, mas no meio da vigília. Não era mais o sussurro tranquilo de antes, mas um anúncio vibrante, cheio de triunfo:

"Tô chegando. Finalmente vou te conhecer... se prepara."

E aí, a dor começou. Dolorida de verdade, primitiva, rasgando por dentro. Uma contração brutal fez o corpo dela se dobrar. O Biodomo Alfa explodiu num caos de alarmes.

—Depressa, bora, bora! —gritou Kenji no comunicador, num tom aflito.

Com *delay*, a milhões de quilômetros dali, as sirenes berravam em Nova Arizona. Os dados biométricos de Elara chegavam como uma enxurrada desesperada. Os doutores da missão —aquele círculo fechado que conhecia o segredo— se entreolharam com uma mistura de fascínio e medo. O momento tinha chegado. Kael, preso ao console, sentia seu mundo ruir. A impotência o roía por dentro.

Em tempo real, Elara flutuava numa maré vermelha de dor. Os robôs giravam ao redor com bandejas de material esterilizado, soltando dados em vozes metálicas que ela mal conseguia entender. E então, um último grito, um rugido primal. Um impulso final que a deixou vazia, esgotada. Depois, silêncio. Um silêncio pesado, quase sagrado... até ser quebrado pelo choro da criatura.

Exausta, Elara mal conseguiu erguer a cabeça. E então viu a luz. Ou talvez fosse a luz que tivesse visto ela. Ali estava o ser impossível que a habitara por nove meses. Seu filho. Seu improvável filho.

Pálido como papel novo, pele imaculada, quase translúcida. Abriu os olhos —grandes demais para o rostinho calmo— e de um azul tão profundo, tão cortante, que feria a alma. Um filho de dois mundos. Um filho de Ganimedes.

Milhões de quilômetros longe dali, na Cidadela Espacial, o Dr. Finch, diretor médico que em segredo tinha apostado em Elara, assistia à imagem milagrosa do recém-nascido. Chegou perto de Kael, que estava duro, feito pedra, olhando para o console. Finch pousou a mão no ombro dele, prendendo-o à realidade, e com uma voz que misturava espanto profissional e uma humanidade trêmula, disse apenas:

—Parabéns, Kael. Cê é pai.

REY MAYA

CLAUSTROFOBIA

A escrita liberta; a leitura é sustento.
Uma leva pra fora, a outra guarda por dentro.

Entre corredores apertados e quartos escuros, iluminados só pela luz fraca de emergência, uma mesa antiga —quase um altar esquecido— servia de escrivaninha pra June.

Ela datilografava na máquina de escrever tirada do pó; os dedos dançavam nas teclas, libertando um mundo que até então só existia na cabeça dela. Aquela mesa, testemunha de tantas histórias, era o coração do bunker: ali eles comiam, brincavam, e Hank ficava de olho nos aparelhos, tentando arrancar do mundo lá fora alguma resposta. O tec-tec das teclas era o pulso vivo daquele abrigo, um código morse avisando que ainda havia vida agarrada ao fio.

Lá fora, talvez a neve se acumulasse em silêncio, cobrindo tudo com um manto branco e fantasmagórico. Talvez o rastro do meteorito ainda ardesse no céu, um clarão seguido pelo caos. Os sons do fim — estrondos, gritos — tinham chegado nítidos do alto, mas, com os anos, viraram só o sussurro do vento gelado, um eco distante da destruição. Uma besta sem rosto, de rugidos sem fim.

Nem o tempo conseguiu cansar Hank na busca obstinada por sinais. Quatro anos não foram suficientes para ele largar a rotina enlouquecedora. A frustração corroía. Ele, um profissional, se sentia traído pela própria ciência. As métricas, antes certeiras, agora eram imprecisas, quase inúteis. No fundo, o que mais importava era ser pai: estar ali, proteger, amar. O tempo que ele precisava entender era o do bunker, e esse tinha um clima que mudava ao sabor do dia.

Havia tempestades, disparadas pela energia sem freio dos meninos, Sky e Ralph, cuja barulheira ecoava como trovões brincalhões pelos corredores metálicos. Às vezes, caía uma garoa fina e silenciosa no cenário interno: lágrimas raras que escorriam das maçãs do rosto de June enquanto ela escrevia, borrando a tinta das palavras. Mas as mais pesadas eram as nuvens que se formavam sobre Hank, escurecendo o semblante e anunciando uma tormenta de frustração que dava para sentir no ar.

Enquanto esse clima oscilava, todo o resto ia minguando. A única coisa que crescia, feito erva daninha na penumbra, era a incerteza. E, junto com ela, o medo.

A energia dos geradores dava umas piscadas, prenúncio de que a escuridão total podia cair a qualquer momento. As reservas de comida minguavam, a água era racionada com mão de ferro e o ar começava a ficar pesado. Até a esperança andava rarefeita. Sky e Ralph pareciam trepadeiras mirradas na penumbra constante, crescendo magros e fechados no próprio mundo.

Um filho é como uma árvore que a gente planta com as próprias mãos — não pela sombra, nem pelo fruto, mas pelo desejo quase sagrado de povoar a terra. Mas ali, naquele subsolo seco e sem vida, que colheita dava para esperar?

Foi numa noite igual a tantas outras. June batucava na máquina, ou tentava, enquanto Sky e Ralph cochilavam inquietos num canto. Até que Hank ficou rígido. Segurando firme seus velhos rádios, com os fones bem encaixados, congelou de repente. Fez um gesto rápido para a esposa, dedo nos lábios, e apontou para o receptor.

Primeiro veio uma estática estranha, depois um compasso. Seria... uma voz humana? Rouca, distorcida, distante — um sussurro de outro mundo escorrendo pelas frestas do silêncio. Hank girava os botões com dedos trêmulos, o rosto oscilando entre o medo e a fé. Palavras não dava para entender, mas havia naquilo uma cadência de chamado, algo que soava mais que vento. Uma pergunta muda, mas com a força de um grito: "Tem vida... lá fora?"

Aquele sinal ficou cravado na mente de Hank como a única estrela numa noite eterna. Durante dias, ele esmiuçou a gravação gastando o pouco de energia que ainda sobrava. As medições — tortas e cheias de falha— mostravam uma queda mínima nos níveis de radiação gama. Quase nada... mas o suficiente para reacender uma fagulha. Não era o amanhecer, nem trégua. Só uma fresta.

"Preciso sair", pensou um dia. Não era para fugir, mas pera buscar ajuda antes que tudo acabasse.

—O frio de mais um inverno vai pegar a gente aqui —falou, sério—, e dessa vez não vai ter defesa.

June ouviu e um arrepio subiu pela espinha. No olhar dela, uma guerra muda: o pavor de perder e a certeza de que era preciso tentar. Mas Hank era a sentinela, o especialista... e agora, a última aposta dela.

A despedida foi feita de silêncios longos, um abraço que não queria soltar, um beijo urgente. Com uma mochila modesta nas costas e o peso insuportável de ser a única e frágil esperança, Hank foi até a escotilha. O metal gemeu como tampa de caixão. Uma luz fina, doentia, escorreu para dentro pela primeira vez em quatro anos. E ele sumiu nela, levando junto a promessa de voltar — ou de nunca mais ser visto.

Depois que o som da escotilha morreu, instalou-se um silêncio novo, mais denso, mais pesado. June ficou sozinha com Sky e Ralph, sombras fiéis grudadas nos calcanhares. Então passou a escrever como nunca, com urgência e medo cru. A máquina de escrever virou o único sol daquele universo encolhido. O tec-tec, o único relógio. Cada página pronta era como um passo que Hank dava, imaginário, sobre a neve eterna. Entre registros improvisados, June enfiava palavras de amor escondidas, recados codificados na desesperança.

Mas Hank demorava. Os dias viraram meses sem nome. O papel acabou, e ela começou a usar o verso dos diagramas dele, depois rótulos arrancados de latas. A letra, antes firme, foi ficando miúda, trêmula, espremida, igualzinha ao tremor que tomava sua esperança. O tempo já não se media por amanheceres, mas pela sobra de superfície para escrever. Quando não restou mais nada, os dedos, sujos de fuligem, buscaram as paredes. Gravou palavras com pedaços de carvão, arranhando a pele fria da prisão. Um testamento, um grito sem som.

Hank não voltou. Só o silêncio crescia, cobrindo tudo como uma mortalha, enquanto o frio mordia até o osso. As últimas velas morreram e a escuridão engoliu tudo. A fome, que antes era um bicho urrando, virou neblina grossa entorpecendo os sentidos. Aos poucos, June parou de escrever. Às vezes, no breu profundo, sussurrava o nome dele. Sky e Ralph, que já não cresceriam mais, se enroscaram nela, buscando um calor que já não havia, corpos finos demais, gemidos cada vez mais raros.

E numa manhã —ou no que parecia ser—, June não acordou. O fôlego se apagou manso, como brasa que some na noite polar. Ao lado, os pequenos corpos de Sky e Ralph. O bunker, que já foi promessa de abrigo, virou tumba selada por toneladas de neve... e pelo esquecimento lá de fora.

Quase meio século depois, quando a neve começou a ceder para uma primavera incerta, um comboio de pioneiros cruzava aquela paisagem deserta. Um afundamento no solo entregou a entrada de um bunker esquecido.

Uma carga controlada abriu passagem, e o ar podre escapou como suspiro de fantasma. Desceram em equipes, lanternas insolentes rasgando a escuridão e profanando o silêncio antigo.

Foi então que viram. A agonia preservada. A claustrofobia gravada.

Uma história inteira, escrita com carvão e ponta de pedra, espalhada em papéis e paredes.

Uma mesa — altar e sacrifício ao mesmo tempo.

O esqueleto de um homem, caído sobre um caderno gasto, e entre as folhas, uma história: "CLAUSTROFOBIA. Entre corredores estreitos...". Era a crônica de uma família: June, Hank e os filhos. Um escritor. Uma herança.

Aos pés dele, dois esqueletos menores, de lealdade sem medida. No metal enferrujado das coleiras, duas plaquinhas: "Sky" e "Ralph".

REY MAYA

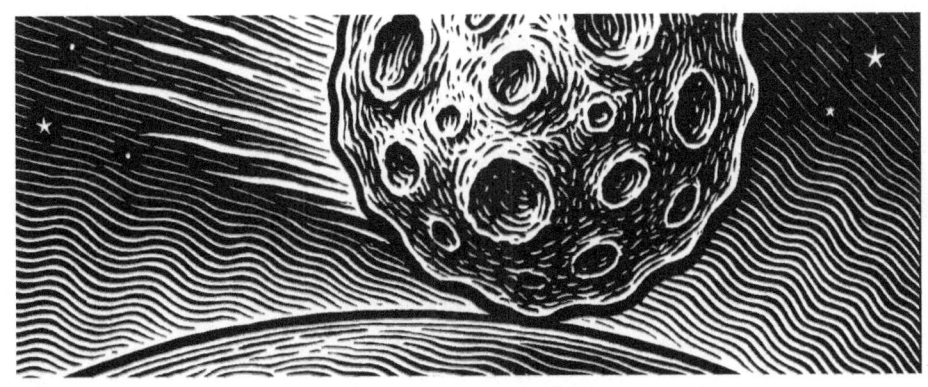

RÉQUIEM

A destruição não vem do céu,
vem da herança no sangue seu.

L issa despertou com o sopro suave de sua cama hiperbárica sinalizando o fim do ciclo.

Sentou-se devagar, sentindo o puxão conhecido no joelho esquerdo, e deixou o olhar se perder pela janela panorâmica. Lá embaixo, o trânsito de drones, um rio de hélices ansiosas sob o céu uniforme da cúpula.

Foi até a cozinha, onde o café a esperava, acabado de sair da SmartCoffee.

Enquanto saboreava o primeiro gole, seu gato persa, de

pelagem impecável, roçou nas pernas —não em busca de comida, já que o dispensador automático cuidava disso—, mas pelo simples calor de um contato vivo.

Ela escolheu sua poltrona favorita e se acomodou. Abriu a interface holográfica, procurando algo para nutrir a alma, seu passatempo de sempre. Seus dedos dançaram no ar, navegando pelos catálogos infinitos de conteúdo. Um título chamou sua atenção por sua estranha e ressonante simplicidade: "Passado, Presente e Futuro". Intrigada, mas com um gesto preguiçoso, selecionou o material.

A sala escureceu e as primeiras imagens do documentário começaram a correr no ar, conduzindo-a a um mundo que jazia sob o seu.

Uma tomada aérea dos picos andinos ocupava o primeiro plano. O céu roxo pintava os cumes e os vales, que embaixo se escondiam atrás de uma neblina espessa. A voz de um narrador, profunda e solene, perfurava a cena.

Narrador: Dizem que o tempo apaga tudo. Mas as pedras também falam, se recusam a morrer. Um século tinha se passado desde que o Lobo caiu do céu e os mares ferveram. O mundo era um eco congelado, uma tumba de concreto afogada sob as cinzas de sua própria soberba.

A imagem descia, focando numa cidadela inca ancorada nos

terraços. Era um assentamento cheio de vida, um formigueiro de seres resilientes.

Narrador: A humanidade, ou o que restou dela, não sobreviveu nos bunkers nem nas fortalezas do mundo antigo. Salvou-se com suas armas primitivas. Encontrou refúgio nas altas pedras de seus ancestrais, uma arquitetura paciente e respeitosa que se erguia harmonicamente no cume de uma montanha. Aqui, sobre as ruínas mais antigas, começou a se erguer o novo mundo.

A cena mudou. Um grupo de exploradores descia com cordas por um penhasco em direção aos vales.

Narrador: E por isso eles desciam. Remexiam entre as cinzas, buscando respostas sobre os destroços de sua própria civilização... sem suspeitar que encontrariam os restos desmembrados de um Lobo feroz, Thanatos Prime. Uma criatura interplanetária que tinha invadido a Terra, banhando-a com seu próprio sangue. Um batismo fatal. Um novo amanhecer.

A cena se fechou com os exploradores no fundo de um cânion.

Narrador: Assim ele foi revelado ao olho humano. Não como um clarão, mas como uma respiração de luz. Uma fluorescência tímida que pulsava de uma fenda profunda na parede do cânion.

Eles apagaram as lanternas. A luz emergia com um compasso suave, uma respiração de cor verde espectral.

Narrador: Aproximaram-se, prendendo a respiração. O ar ao redor parecia quente, carregado de uma energia que arrepiava a pele. Era algo orgânico, uma mucosidade alienígena.

Um close-up mostrava a fonte da luz: da fissura na rocha, manava uma substância espessa e translúcida.

Narrador: Era o sangue do Lobo. A ferida aberta de Thanatos Prime, coagulada no tempo.

Outro explorador estendeu uma ferramenta de metal. Antes do contato, a luz morta da peça piscou com uma potência insólita. Todos se entreolharam, iluminados pelo brilho esverdeado.

Narrador: E então eles souberam. Não era morte. Era poder. Não uma ferida, mas uma fonte. Não um rastro, mas o próprio pé para um novo passo.

A luz no apartamento de Lissa subiu suavemente. Nesse instante, Frank, seu gato, miou com uma insistência que não era de carinho, mas de fome. Lissa se levantou e foi até o dispensador automático do felino; uma pequena luz vermelha piscava, indicando que o depósito estava vazio.

—Já vou, já vou... —murmurou ela. Recarregou o dispensador com o último cartucho de ração. Ao som, juntou-se o ronco de seu estômago. Aproximou-se da impressora 3D de alimentos e selecionou "maçã". Uma fruta menor e mais pálida que o habitual se materializou na bandeja, junto a um aviso: "Nível de consumíveis crítico". Com alguns gestos, encomendou uma recarga completa para o dia seguinte. Deu uma mordida em sua pequena maçã e voltou para a poltrona.

A imagem holográfica ganhou vida novamente, mas desta vez ela deslizou o dedo pela linha do tempo. As imagens se aceleraram: o assentamento crescia, surgiam novas construções. Parou a reprodução num ponto mais avançado. A cena agora mostrava uma cidade de arranha-céus cortada por veículos voadores.

Narrador: E com o sangue do Lobo, a humanidade ressuscitou. "Rumipa Yawar", como o tinham batizado nas origens, evoluiu com o tempo e passou a ser conhecido como "Krillithium", em honra ao profeta do mundo antigo que tinha previsto o fim, o Dr. Krill. Foi um renascimento febril. Os satélites que sobreviveram foram reconectados, liberando uma torrente de informações. Com a força inesgotável do Krillithium, ergueram-se os arranha-céus, os auto-drones... e até se atreveram a voltar à ferida do mundo para extrair mais poder. O Krillithium reconstruiu o aço e a dignidade do homem, esmagada pela besta de pedra.

A imagem de um submersível na fossa do Atlântico se dissolveu e apareceu uma nave espacial chegando a Júpiter.

Narrador: Nossa nova superioridade nos empurrou de volta para as estrelas. E fomos a Ganimedes. A transformamos na horta do novo mundo, mas não encontramos a casa vazia. Ali tivemos nosso primeiro contato: a enigmática civilização de Osíris, uma presença que pulsava nos sonhos dos primeiros colonos, uma consciência ancestral que parecia estar nos esperando.

A imagem de Ganimedes se desvaneceu na escuridão do cosmos e um réquiem clássico começou a soar. A tela mostrou o meteorito, Thanatos Prime, em câmera lenta, chegando à Terra. A voz do narrador adquiriu um tom ofegante, trágico.

Narrador: E enquanto a nova humanidade despertava, era preciso lembrar o preço. Lembrar aquele último instante de um mundo esgotado, murcho. O mundo daqueles reis que um dia governaram, destronado. A Terra como uma bruxa em sua pira. Condenada, assada, castigada. O homem sucumbiu. Sua raiva, seu egoísmo, seus muros. Eles "adiantaram" o momento trágico. Pedra contra pedra numa atração maldita. Não sobraria ninguém para contar suas mágoas, já não haveria traumas nem testemunhas. Nem marido agressor, nem filho chorando, nem bancos, nem chefes, nem estrangeiros. Toda a humanidade perdia sua Casa Comum, tão cheia de lixo do qual ninguém mais faria leituras. A voz se apagou, as palavras se fossilizaram, como armas enferrujadas, quebradas. E o uivo do Lobo, aquele que o velho Dr. Krill tinha ouvido na estática de sua solidão, finalmente chegou vinte anos depois, como ele previra, como um trovão que partiu o mundo.

Um clarão branco inundou a tela após o impacto. Uma microfonia ensurdecedora. Um grito violento de algo vivo expirando para o vácuo.

Silêncio absoluto. Depois, uma linha apareceu na tela:

É o Fim.

O que aconteceu depois? Nós já sabemos...

POSFÁCIO

Minha esposa tem a ordem de me acordar. Não por causa de um horário, mas porque, às vezes, ela me vê rindo enquanto durmo.

É que eu sonho. Todas as noites. Desde menino.

E muitas vezes acordo com histórias inteiras na cabeça — e, junto delas, uma canção. Algumas são tão nítidas, tão coerentes, tão intensas, que preciso levantar como se estivesse possuído e escrevê-las antes que se dissolvam.

Por isso eu disse a ela:

—Se me ouvir rindo no sono, me acorde. Essa história é boa e precisa ser contada.

Assim nasceram vários contos deste livro.

Outros apareceram no chuveiro. Ou no vaso sanitário — sim, eu confesso.

E muitos foram forjados com uma xícara de café na mão, outra paixão inesgotável. Sou um bebedor inveterado de bom café, em todas as suas formas: o espresso cubano, o café de olla mexicano ou o black coffee americano.

Não é de se estranhar, então, que o café —como ritual ou como símbolo— se infiltre nas minhas páginas como mais um personagem.

Ignore-o, se quiser. Ou troque-o por um chá, ou por uma água "slim". Sem julgamentos. O importante é que você brinde comigo.

O que está aqui não é apenas ficção.

Alguns contos, além dos sonhos, são lembranças disfarçadas.

Muitos nasceram de fatos, com nomes trocados, situações deslocadas, mas com as intenções intactas.

Há crítica nestas páginas — e ela não está escondida. Não precisa ser explicada nem apontar para quem se dirige.

Quem conhece minha história, minhas raízes, e os caminhos que me levaram por três países — Cuba, México e Estados Unidos — saberá quais são os muros e por quê precisam ser derrubados, que ecos ressoam, que personagens atuam sob outras máscaras.

Dividi este livro em três partes: Passado, Presente e Futuro.

Não por capricho, mas como um mapa da minha alma.

Um eco triplo das minhas buscas, perdas, certezas e dúvidas.

Se algo une estas histórias, é a corda.

A corda simbólica que um personagem lança para dentro de uma prisão onde a verdade é castigada.

A corda invisível que puxa o leitor a cada página, num código morse tão intrigante que poderia ter muitas traduções.

Nós dois — você e eu — em cada ponta. Desconhecidos, mas conectados por essa corda. A corda entre quem escreve dormindo e quem lê acordado.

Não descarto voltar a caçar sonhos. Talvez venha uma segunda coleção. Quem sabe, uma obra inteira para cada parte. Ou para cada país. As histórias já estão me rondando. Eu as ouço no travesseiro e nos outros lugares que já confessei. E eu, que sempre tenho onde anotar, me preparo para recebê-las.

Obrigado por ler.

Obrigado por estar do outro lado da corda.

E por fazê-la dançar. Pux-pux.

AGRADECIMENTOS

Agradeço primeiramente a Deus, pelo dom da vida e pelo privilégio de tê-la vivido em três países tão cheios de história e cultura, que foram a tela sobre a qual muitas destas páginas foram pintadas.

Minha gratidão infinita à minha família, que tem sido o alicerce de tudo. Vocês foram meus primeiros leitores, meus editores mais honestos e meus revisores mais pacientes. Grande parte da minha inspiração nasce de nossas experiências compartilhadas.

Aos meus amigos, em tantas partes do mundo, esses companheiros de jornada que, com amizade verdadeira, me mostram aquilo que não consigo ver e me ajudam a entender as pegadas que deixo. Obrigado pela crítica que constrói e pelo apoio que sustenta.

E, finalmente, a você, leitor. Talvez você seja um familiar, um amigo, um conhecido próximo ou um completo estranho que decidiu mergulhar nestas histórias. Seja qual for o seu rosto, agradeço a confiança, o tempo e o apoio a este trabalho. Espero que nesta jornada você encontre algo que ressoe em você.

SOBRE O AUTOR

Rey Maya

 Poeta, romancista e contador de histórias cuja vida parece marcada por ciclos precisos. Viveu seus primeiros vinte e um anos em Cuba; ali, sua vocação literária despertou com o reconhecimento de seus primeiros poemas e contos.

Seguiram-se outros vinte e um anos ininterruptos no México, uma etapa de formação e efervescência na qual se formou em Ciências da Educação e realizou estudos de Filosofia e Teologia. Atualmente, reside nos Estados Unidos, onde concilia seu trabalho literário com a criação de conteúdo digital.

É autor do romance Calambio e de A Herança das Bestas, sua primeira coleção de contos publicada. No momento, trabalha em seus próximos projetos literários.